ハヤカワ文庫JA
〈JA1234〉

君を愛したひとりの僕へ

乙野四方字

早川書房

7794

君を愛したひとりの僕へ

序章、あるいは終章

ギネス・カスケード、と呼ばれる現象がある。

ギネスとはアイルランド生まれの真っ黒なビールのことだ。日本のスーパーやコンビニなどではあまり見かけないが、アイルランドでは「コップに入った食事」などとも言われ毎日のように飲まれている。

このビールを口の広がったグラスに勢いよく注ぐと、泡とビールが分離されてしまうまでの間、黒いビールの中を白い泡が下へ下へと沈んでいくのを見ることができる。泡が液体の中を沈むという現象は普通に考えればあり得ないことのように思えるが、実はこれは極めて単純な物理現象である。

泡が浮かぶ時、その泡にぶつかったビールも押し上げられて上昇する。これはビールに粘性があるためだ。しかしビールは泡以上には上昇しないので、グラスの径が広がっている部分で渦となり、グラスの内表面に沿って下降していく。すると今度は泡が粘性によってビールに押され、ビールと一緒に下降していくのだ。これにより、グラスの中央部では泡が上昇し、グラスの内表面では泡が下降するという状態ができあがる。これを外から見ると、泡が沈んでいるようにしか見えないというわけだ。

自慢できることではないが、俺も若い頃は結構な酒を飲んだ。なのでこの現象自体は見知っていたのだが、それを「ギネス・カスケード」と呼ぶことを知ったのは四〇歳になろうかという頃だった。

どうしてその年になってそんなことを知ったのかと言えば、何のことはない。たまたま入った店でたまたまギネスを頼み、グラスの内側で泡が沈むのを見てその現象を思い出し、慌ててマスターに教えてもらった結果だ。

では、なぜそんなことを慌てて教えてもらったのか。

それは、その時の俺にとって『泡が沈む』という現象は世界をひっくり返すほどの衝撃で――そしてその時の俺が、世界をひっくり返すための何かを探していたからだ。

泡は沈む。その発想を得た俺は、それからの人生をとにかく『泡を沈める』ために費やした。要するに、泡の浮力がビールの粘性を下回ればいい。その状態で下降流を生み出してやれば、泡は沈んでいくはずだ。

泡は沈む。この概念が俺の中に生まれただけで、たった一杯のグラスビールの値段とは比べものにならないほどの価値があった。

それから約一〇年をかけて、ついに目的を果たせる『泡の沈め方』を確立させた。あとは時期と場所。いつ、どこに泡を沈めるかだけだ。

それからさらに二〇年以上をかけて、慎重に泡を沈める時期と場所を見定めた。そしてここなら大丈夫だという場所を見つけた時、俺はもう七〇歳を過ぎていた。

長い、長すぎる人生だった。

そして、何の意味もない人生だった。

妻もいない。子供もいない。自分が何のためにこの世界を生きてきたのか意味を見出せない。俺が唯一愛した人は、俺のせいでこの世界から消えてしまった。

だが、それももう終わりだ。

泡は沈む。

さぁ、世界を消し去ってしまおう。

こんな、愛する人のいない世界なんて。

第一章　幼年期

七歳の俺は離婚という言葉の意味を理解していて、父と母のどちらと一緒に暮らしたいかと聞かれた時も、特に取り乱すことなく答えを出せた。

父はその道では高名な学者であり、片や母は実家が資産家である。どちらについていっても金銭的な不自由はしそうにない。ならばあとは感情で決めればいいわけで、最終的に俺は父についていくことを選んだ。ただ、これは俺が母よりも父のほうが好きだったとかそういうわけではなく、母についていくと再婚の邪魔になるのではと思ったからだ。

離婚の原因は、父と母の会話のずれだったらしい。父は研究所に泊まることが多く、たまに家に帰ってきた時は母に研究の内容を話すのだが、母はいつも全く理解できていなかったようだ。父は「自分が理解していることは相手も理解していて当然」という考えで会話する人だったため、母とは日常会話のテンポも合わず、一人苦悩する母の背中をよく見ていたものだ。

そんな父だから、きっとしばらくは再婚を考えたりしないだろうと判断したというわけである。いや、さすがに当時はそこまではっきりと考えていたわけではないだろうけど。

面白いことに、父と母の関係は離婚した後のほうが良好だった。一度は結婚して子供をもうけたくらいだからお互いにちゃんと愛情はあったらしく、俺が子供だった頃は最低でも月に一回、俺を交えたり交えなかったりで親交は続いていた。きっとそのくらいの距離感が二人にはちょうどよかったのだろう。とりあえず俺は和やかな様子の両親を喜び、自分が望まれない子供ではなかったことに安堵した。

父と二人暮らしをすることになった俺は、父が勤める研究所にちょくちょく顔を出すようになった。学校が終われば家に帰らず研究所に向かい、仕事を終えた父と一緒に帰る。研究所は年中無休の交代制だったため、学校の休日と父の仕事が重なった日には一日中研究所にいることもあった。

研究所には福利厚生の一環として子持ちの所員が子供を遊ばせるための保育室があり、たまに小さい子供がいた。企業内保育所と言うほどきちんとしたものではなく、専任の保育士もいないために所員たちが持ち回りで子供の面倒を見ているのだが、年長者だった俺はよく代わりに子供たちの相手をしており、忙しい所員たちから感謝された。

保育室には誰もいない時もよくあった。そんな時、俺はそこに置いてある本を読みふけった。子供向けの絵本や小説ではなく、父の研究に関わる論文や学術書などである。当然ながら当時の俺には何が書いてあるのかさっぱりだったのだが、中にはイラスト多めのいわゆる『よく分かる』タイプの本もあり、それならなんとか読むことができて、その未知なる世界に心を躍らせていた。

俺が研究に興味を持つことが嬉しかったのだろう。父はよく休憩がてら俺の様子を見に来て、俺の質問に答えたり、研究の内容を分かりやすく教えてくれたりした。

ある日父は、熱帯魚を飼っている大きな水槽を指さして、こんな話をした。

「この泡が、俺たちの生きている世界だ」

父は息子に対しても自分のことを「父さん」などとは呼ばず「俺」と呼ぶ。母と一緒に暮らしていた頃の俺の一人称は「僕」だったのだが、父との二人暮らしになってからはすっかりそれがうつってしまった。

父の指さす先には、エアレーションから水面に昇っていく泡。

「泡がだんだん大きくなっていくのが分かるか？　一定の温度下だと体積は圧力に反比例する。これをボイルの法則と言い、」

「待って待って、分からないから。はんぴれい？　って何？」

「比例ってまだ習わないのか？　いつ習うんだったかな」

「分からないけど習ってないよ。なんか分かりやすくたとえてよ」

「そうだな……一個百円の菓子を二個買うと二百円、三個買うと三百円になるだろ？　こんな風に、片方が増えるともう片方も増える関係のことを比例って言うんだ」

「ふんふん」

「反比例はその逆だ。六個の菓子を二人で分けると、一人分は三個になるだろ？　三人で分けると一人二個、六人で分けると一人一個だ。こんな風に、片方が増えるともう片方が減る関係のことを反比例と言う」

父は最初、決まって難しい言い方をする。けれど俺が分からないと言えば、悩みながらもちゃんと分かりやすくたとえてくれる。母もこんな風に、素直に「分からない」と言えれば二人の関係はまた違っていたのかもしれない。

「水の中は、深ければ深いほど圧力……押さえつける力が強い。だから泡の体積……大きさは、下にあるほど小さくなる。泡が上に行くほど大きくなるのは圧力が弱くなるからだ。こんな風に、泡の大きさが押さえつける力に反比例する法則を、ボイルの法則という」

「ぼいるのほうそく」

「ボイルの法則」

「覚えた」

「よし」

俺の反応に気をよくした父は、水槽の泡を指さして続ける。どうやらボイルの法則を教えることが目的ではなかったらしい。

「俺たちは、世界をこの泡と同じものと考えて、泡同士で情報を交換できないかという研究をしている」

最初にそんなことを言っていたのを思い出す。この泡が、俺たちの生きている世界だ。どういうことだろう？

「世界は最初、水の底で生まれた一つの小さい泡だ。それが浮かんでいくと同時に大きくなり、途中で二つに割れる。その割れた泡の片方にいるのが俺やお前だ」

「もう片方はどうなるの？」

「そっちの泡にも俺やお前がいる。ただし、こっちの泡とはいろいろと違う部分がある。もしかしたらそっちの泡では、お前は俺じゃなくて母さんと一緒にいるかもしれない」

もう一つの泡には、両親が離婚した時に母についていった俺がいるということだろうか。

「そういった、俺たちがいるこの泡から見た別の泡のことを、並行世界って言うんだ」

「へいこうせかい」

「並行世界」

「覚えた」

「よし」

正直、比例や反比例に比べるといまいち理解できていなかったのだが、とにかく教えられたことは何でも覚えるようにしていた。おかげで俺の学力は学校の授業よりも随分と先を行くことになり、こと勉強に関しては苦労しなかった。

「人間は無意識に、日常的に近くの泡と行き来してるんじゃないか、と俺たちは考えてる。近くの泡だとあまり違いがなくて行き来してることに気づいていないだけなんじゃないかってな。もしそうだとしたらそれを証明して、さらに制御を目指す。それが、うちの所長が提唱した『虚質《きょしつ》科学』という学問だ」

その時の俺は、それがどれだけ凄いことなのかがよく分かっていなかった。多少賢かったとは言え、所詮小学校の低学年。なんだか面白そうだなぁ程度にしか思っていなかった。

その愚かさが過ちを招いたのは、それから数年後。

その時の俺は、ちょうど一〇歳になろうとしていた。

◯

「暦《こよみ》」

電話を終えた父さんが、いつになく暗い声で俺の名前を呼んだ。

ゲームの途中なのに、と思ったけど、その父さんの声があまりにも沈んでるように聞こえたから、無視できずにゲームを中断して振り向いた。

父さんの顔は、声から予想した通りに落ち込んでる。こんな父さんを見たのは初めてかもしれない。いったい何の電話だったんだろう？

「ユノが、死んだらしい」

「……え？」

ユノというのは、母さんの実家で飼っている犬の名前だ。ゴールデンレトリバーの雌で、俺より大きいくらいなのに甘えん坊で、母さんの家に遊びに行くといつもしっぽを振ってじゃれついてきた。

そのユノが、死んだ？

あまりに唐突すぎて実感できなかった。蚊やハエを叩いたりはするし、肉や魚を食べもする。ゲームではたくさんのモンスターを殺してる。でもユノは虫じゃないし食べ物でもない、もちろんモンスターでもない。そんなユノが、どうして死ぬんだ？　アイテムを使えば生き返るのか？　魔法を使えば？　さすがに、そんなことを本気で思うほど子供じゃないけど。

「死んだって、なんで？」

「交通事故だそうだ。道に飛び出して車に轢《ひ》かれかけた子供を助けようとして、代わりに轢かれたらしい。立派だよ」

自分で聞いておきながら、そんなことを言われても、なんて思った。だってそうだろう、いきなりそんなことを言われてどうすればいいんだ？　何を思えば？

「母さんの家の庭に、墓を作ったそうだ。今から行くか？」

「……えっと、ゲームが、途中だから」

とっさにそう答えてしまう。ゲームなんかより大事なことくらい分かってるのに。

「……そうか。じゃあ、また今度にするか」

ゲームどころじゃないだろ、と怒られるかと思ったのに、父さんはむしろ心配するような目で俺を見た。その目がなんだかとても痛くて。

「……やっぱり、今から行く」

そう言って俺は、ゲームの電源を切った。

準備をして、父さんの車で母さんの家へと向かう。そんなに遠くなくて車で一〇分くらいだ。たまに一人で自転車で行くこともある。

父さんと母さんが別れてすぐの頃はちょくちょく母さんの家に遊びに行っていた。母さんやユノに会えることはもちろんだけど、それ以上に俺はおじいちゃんに会えることが嬉しかった。おじいちゃんはいつも優しくて、行くたびに甘いアメをくれた。けれどだんだんと行く回数は減っていって、今年は正月に挨拶に行って以来だった。

「ああ、暦。来たのね。こっちよ」

何ヶ月ぶりかに会う母さんは、やっぱりユノのことがショックだったのか、見ただけで心配になるような落ち込んだ顔をしている。俺もそんな顔をしているんだろうかと少しだけ不安になる。

「大丈夫か？」

「うん。ありがとう」

父さんが母さんに声をかけると、母さんは少しだけ安心したように笑った。こんな時になんだけど、二人が仲良さそうにしているのを見るのはやっぱり嬉しかった。

ユノの墓は、裏庭の片隅にぽつんとあった。少しだけ土が盛り上がっていて、その下にユノがいると言われてもうまく実感できない。かわいそうだから出してあげたい、なんてことすら思う。

「ユノはね、暦が生まれた時におじいちゃんが飼い始めたのよ」

その話は今までにも何度か聞いたことがあった。子供が生まれたら犬を飼いなさい、という詩も覚えるほどに聞かされている。

子供が生まれたら犬を飼いなさい。

子供が赤ん坊の時、子供の良き守り手となるでしょう。

子供が幼年期の時、子供の良き遊び相手となるでしょう。

子供が少年期の時、子供の良き理解者となるでしょう。

そして子供が青年になった時、自らの死をもって子供に命の尊さを教えるでしょう。

……この詩の言ってることが本当だとしたら、ユノが死んでしまうのは少し早かったんだろう。いつからが青年なのかは分からないけど、俺はまだ九歳だ。だからこうしてユノの墓を見ても命の尊さが分からないのかもしれない。

「暦、おじいちゃんたちにも会っていってね」

そう言われて俺はそのまま家へと上がる。おじいちゃんとも数ヶ月ぶりだ。

「ああ……暦。来てくれたのか。ありがとうなぁ」

久しぶりに会ったおじいちゃんは、記憶よりも一気に老け込んだように見えた。ユノを飼い始めたのはおじいちゃん。だから、誰よりも落ち込んでるのかもしれない。

泊まっていけと言われたけど、俺はそれを断った。

ユノが死んだことをちゃんと悲しめないと、それ以上おじいちゃんとは一緒にいられないような気がした。

○

それから一ヶ月くらい、ユノのことはほとんど忘れて過ごしていた。

母さんの家にはあれから一回も行ってない。ユノの死を悲しめなかったことが、今でも少し後ろめたいからだ。

その日、俺はいつものように研究所の保育室にいた。

今日は俺しかいない。本を読むことにも飽きて、なんとなくテレビをつけてみる。チャンネルを変える手が止まったのは、画面にゴールデンレトリバーが映ったからだ。ユノによく似た大きな犬。つい気を取られて画面を見てしまう。

その番組は、様々な形で人に尽くした犬の特集だった。盲目の飼い主の目となって生活を助ける盲導犬。災害現場で人が見つけられなかった要救助者を発見した救助犬。座礁した船からロープをくわえて岸まで泳いだ船上犬。帰らぬ飼い主を待ち続けた忠犬。宇宙開発の実験のために単独で宇宙へと飛んだライカ犬……。

テレビのコメンテーターはそれら犬たちの勇気を讃え、忠心に涙している。犬は人間を決して裏切らない。人類の最大の友である。テレビはその後も犬たちがいかに人間のために生きて死んでいくかを感動的に語っている。

それを見ながら、俺はなぜか腹が立って仕方がなかった。

いったい何に怒っているのか、自分でも分からない。そもそも本当に怒っているのかも分からない。もしかしたら怒ってるんじゃなくて悔しいのかもしれない。でもそうだとしてもいったい何が悔しいのか、やっぱり分からない。

分からないまま、目の奥から何か熱いものがこみ上げてくる。

俺は、なんで泣いてるんだろう。

「どうしたの？」

急に聞こえた声に、驚いて顔を上げた。

俺しかいないと思っていた保育室の中に、いつの間にか女の子がいる。

白いワンピースを着た、長く真っ直ぐに伸びた黒髪が美しい、かわいらしい子だ。俺と同い年くらいだろうか。保育室で見たことはないけど、他の所員の子供か？

「泣いてるの？　どこか痛いの？」

女の子は心配そうに近づいてくる。女の子の前で泣いてしまうと言うのが恥ずかしくて、袖《そで》で乱暴に目を拭《ぬぐ》う。

「泣いてないよ」

「泣いてるよ。どうしたの？」

「だから……！」

しつこい態度に苛《いら》ついて、女の子を睨みつける。

けど。

その女の子の無邪気で澄んだ瞳が、なぜかユノの目に重なって見えて。

「……ユノに、会いたいんだ」

無意識に、そう言っていた。

そうだ。俺は怒ってたんでも悔しかったんでもない。ただ、ユノに会いたくなったんだ。

やっと会いたくなったのにもう会えないから——悲しかったんだ。

「ユノ、って？」

「おじいちゃんの飼ってた犬」

「もう会えないの？」

「死んじゃったから」

死んじゃったから。そう口に出した時に、俺はやっと実感した。

ユノは死んだ。もういない。

それが、悲しい。

「死んじゃったから……ユノにはもう、会えないんだ……！」

それに気づいたら、もう我慢できなかった。あの時に泣けなかった分まで泣くかのように、俺の目からたくさんの涙があふれ出した。

それからしばらく、女の子の前であることとなんて忘れて泣き続けた。それでも妙なプライドがあったのか、泣き声だけは上げないように歯を食いしばりながら。おかげで俺がそんな風に泣いてしまったことは、その女の子以外には知られなかったはずだ。

その女の子に見られていたことは……まぁ、いいか。なぜだかそう思えた。

俺が泣き止むまで、女の子はずっとそこにいた。そして俺が泣き止んで落ち着いてくると、真っ白い綺麗なハンカチを差し出してきた。

「いらない」

俺は再び自分の袖で涙を拭う。なんとなく、女の子のハンカチを汚してしまうのがもったいなかった。

女の子はしばらくハンカチを差し出していたけど、俺が頑《かたく》なに受け取ろうとしないからやがて諦めてポケットにしまって。

「来て」

「え⁉」

いきなり、俺の腕を掴んで走り出した。

今日は日曜日。研究所は開いてはいるけど普段より所員は少ないし、出勤してもいつもより早く帰ってしまう人が多く、所内にはほとんど人の気配がしない。いつもより静かな研究所内を、女の子は迷う様子も見せずに走っていく。

「おい、どこ行くんだよ！」

「静かにして。お母さんに見つかっちゃう」

お母さん、というのはこの研究所の所員なのだろうか。きっとこの子も俺と一緒で親の仕事についてきたのだ。しかもこの迷いない足取り、もしかしたらかなり所内を探検しつくしているのではないか。

俺は普段、父さんに言われた通りに余計な場所には行ったりしないけど、もちろん興味はあった。あの廊下を曲がるとどこに出るんだろう。あの扉の向こうには何の部屋があるんだろう。あの階段の下には……俺の手を引く女の子に素直について行っているのは、そんな好奇心のせいだ。

　女の子は一つの部屋の前で立ち止まり、扉を開けた。

　その部屋の中にあった物を見て、俺は興奮してしまった。

「おおお、なんだこれ！」

　部屋の真ん中に、ロボットアニメで見たコクピットのような形をした箱があり、それにたくさんのケーブルが繋がっている。箱にはガラスの蓋がついていて、中を覗いてみるとやはり人が入れるようにできているみたいだ。

　女の子が、ガラスの蓋をなでながら言う。

「これに入れば、並行世界に行けるって、お母さんが言ってた」

「え……？」

　並行世界。それは父さんにさんざん聞かされた話だ。

　この世界は、大きくなったり分裂したりしながら海を浮かんでいく泡で、自分のいる泡から見た他の泡が並行世界。そこには自分じゃない自分がいて、自分とは違う毎日を過ごしてるらしい。

「ユノに会いたいんでしょ？」

「……うん」

「もしかしたら、ユノが生きてる世界もあるかもしれないよ」

それは、とても魅力的な誘いだった。

もう一度ユノに会える。ユノが死んでしまうなんて思ってもいなかったから、最後に会ったのがいつだったかもよく覚えてない。最後にどんな風に遊んだのか、どんな風にユノをなでたのか、全然覚えてない。

だから、最後にもう一回だけでも。ユノに会えるなら。

「……どうしたらいい？」

「この中に入って」

言われるままに蓋を開け、箱の中に入った。アニメかゲームの世界にでも入り込んだようで少しどきどきしていた。

蓋を閉めると、外から何やらがちゃがちゃと音が聞こえてきた。少し身を起こしてガラスの外を見てみると、女の子は机にたくさんならんだボタンやスイッチやつまみをいじっている。その手つきはどう見ても適当で、正しい使い方を知っているとは思えない。

「おい、大丈夫か？」

声をかけても女の子は返事をしない。何か切羽詰《せっぱつ》まったような表情で、手当たり次第に手を動かし続けている。なんでそんなに真剣なんだろう？　まさか俺をユノに会わせるためだとも思えないけど。

「なぁ、手伝おうか？」

「いいから。あなたはあなたでやれることをやって」

「やれることって言われても。何だよ？」

「分からないけど……何か、念じたりしててよ。ユノが生きてる世界に行きたいって」

「念じるって、そんなことでいいのか？」

「信じることが大事だって、お母さんが言ってた。信じることをやめない人だけが世界を変えられるんだって」

何を言ってるのかよく分からない。それにさっきからお母さんお母さんって、この子のお母さんはいったい何者なんだろう。

とは言え、女の子は今も真剣に機械を触っている。その真剣さに触発されて、俺は言われた通り『念じて』みることにした。

並行世界へ。

ユノが生きている世界へ行きたい。

ユノのことを思い出す。生きてる時の元気な姿。裏庭の小さなお墓。人間のために死んだ犬たちのテレビ番組。なぜか無性に腹が立ったコメンテーターたち。

最初は半分お遊びのつもりだったけど、いろんなことを思い出しているうちに、だんだんと本気でその世界へ行きたくなってくる。

目を閉じて、強くそれを念じる。

並行世界へ。

ユノが生きている世界へ――

○

――目の前で、母さんが泣いていた。

「…………え？」

唐突な風景の変化に、頭が追いついていかない。

とりあえず、目に入るものを一つずつ確かめていく。泣いている母さん。ちゃぶ台。それと……おばあちゃん？　おばあちゃんもいる。おばあちゃんも泣いている。

あたりを見回す。ロボットのコクピットのような箱の中じゃない。見慣れた部屋。ここは母さんの家のお茶の間だ。一ヶ月くらい前、ユノの墓参りに来た時に上がったのが最後のはず。絶対に、俺が今いるはずのない場所。

なんで俺はここにいる？　あの女の子はどこにいった？　俺が入っていたあの箱は、いったいどう――

――そうだ。

一つ、思い出した。自分がさっきまで何をしていたか。

あの箱に入った、その目的を。

もしかして、ここは――

「あの、母さん？」

おそるおそる聞いてみようとしたところで、家の外からその答えが聞こえてきた。

わん。

聞き慣れた犬の鳴き声。俺ははじかれたように立ち上がり、家の外へと駆け出す。

そして、裏庭へと出てみると。

「……ユノ」

一ヶ月前に死んだはずのユノが、確かに生きて、そこにいた。

「ユノ……ユノ！」

ユノに駆けよって、その大きな体を抱きしめる。そして頭をなでると、ユノはいつものように尻尾を振ってじゃれついてきた。

まさかと思ったけど、間違いないらしい。

ここは、並行世界だ。

一ヶ月前に死んだはずのユノが生きている世界。

あの女の子の滅茶苦茶な操作が機械を動かしたのか、それとも俺の念が世界に通じたのか……とにかく俺は、本当に並行世界へ跳んでしまったのだ。

もう一度ユノに会いたい。その願いは叶ってしまった。仰向けになるユノのお腹をなでながら、俺はユノをじっと見つめる。死んでしまったユノ。目の前で生きているユノ。その体はとても温かい。なのに元いた世界では、土の下で冷たくなっているなんて。

おじいちゃんに聞かされた詩を思い出す。子供が生まれたら犬を飼いなさい。子供が青年になった時、自らの死をもって子供に命の尊さを教えるでしょう。

今手のひらに感じている温かさが、命の尊さなんだろうか。

もしそうなんだとしたら、きっと俺は、元の世界に帰ってもう一度ユノの墓を見た時、本当にそれを知るんじゃないだろうか。

泣きそうになりながらひとしきりユノをかわいがって、じゃあ俺は今からどうするべきなんだろうと考える。

俺の世界では、ユノは交通事故で死んでしまった。だったらこっちの世界の母さんやおじいちゃんに、交通事故に気をつけるように言っておけばいいだろうか。

うん。何もしないよりはマシだろう。早速それを伝えるために家の中へ戻る。

お茶の間へ入ると、母さんとおばあちゃんはもう泣き止んでいたけど、それでもまだ悲しそうな顔をしていた。いったい何があったんだろう？

けど、ここで「どうしたの？」なんて聞くのはまずい。俺がここに来るまではこの世界の俺がここにいたはずなんだから。この世界の俺は、母さんたちがなんで泣いてるのか知ってるはずだ。だったら俺が「なんで泣いてるの？」なんて聞いたら変に思われる。

だとすれば、俺が聞いても大丈夫そうなことは。

「あの、母さん……おじいちゃんは？」

ここまでなら聞いても大丈夫なはずだ。どこにいるの、とかは聞かない。これなら母さんが質問の先を想像して答えてくれる。

その俺の狙いは、だいたい成功した。

「おじいちゃんは……明日、お通夜をするのよ」

返ってきた答えに、聞いたことのない言葉が入っていたことを除けば。

「おつや？　って何？」

「お通夜っていうのはね……」

――そして俺は、この世界ではおじいちゃんが死んでいるということを知った。

この世界と俺の世界の大きな違いは、三つあった。

一つは、ユノが生きてること。

一つは、おじいちゃんが死んでること。

もう一つは、父さんと母さんが離婚した時、俺は父さんについていったけど、こっちの世界の俺は母さんについていったということ。

話していくうちに、少しずつこっちの世界のことが分かっていった。こっちの世界の俺は、この家で母さんやおじいちゃんたちと一緒に暮らしているらしい。そしてそのおじいちゃんが、今日の午後、死んだということだった。

そのことをちゃんと理解した時、俺は無茶苦茶に泣いた。

ユノが死んだことと、ユノが生きてることと、おじいちゃんが死んだことと……そんな色々がごちゃまぜになって、とにかく泣いた。母さんはそんな俺を優しく抱きしめてくれた。父さんと二人暮らしになってからは母さんに甘えることなんてほとんどなかったから、俺は母さんにしがみついて思いっきり泣いてしまった。

泣くだけ泣いて少しすっきりすると、別の心配が生まれた。

俺は、元の世界に帰れるんだろうか？

あの女の子が俺をこの並行世界へ跳ばした。なら戻る方法は？　女の子が俺を戻してくれるのを待つしかないのか？　いくら考えても分かるわけがなかった。

今の俺にできることは何もない。せいぜい自分が並行世界から来たということがばれないようにするくらいだ。

けれど、せっかくだから。

「母さん……今日、一緒に寝ていい？」

このくらいはいいかと思って、言ってみた。きっと元の世界に戻ったら、母さんと一緒に寝ることなんて二度とないだろうから。

母さんは驚いた顔をしてたけど、すぐに頷いてくれた。

夜、俺はもう一回ユノと一緒に遊んだ。いつ元の世界に戻るか分からないし、戻ったらもうユノはいないんだから。

そうしてユノにお別れを言って、俺は母さんと一緒に眠った。

◯

次の日の朝。

目が覚めたとき、俺は一人で布団の中にいた。

「お？　暦、起きたか」

すぐ側で、聞き慣れたしわがれた声がする。

「……おじいちゃん？」

「うん。おはよう」

「おはよう……」

返事をしつつも、なんでおじいちゃんがそこにいるのか分からなかった。頭がまだ眠っているみたいだ。あれ、俺は昨日、母さんの家に泊まったんだっけ？

まだ半分眠ったままで昨日のことを思い出す。昨日は確か、おじいちゃんが――

それを思い出した俺は、布団をはねのけて飛び起きた。

「おじいちゃん!?」

「お、元気だな」

「おじいちゃん、生きてる……？」

「なんだそりゃ。不吉なことを言わんでくれ」

確かにおじいちゃんだ。今日お通夜のはずの。なのに生きているということは。

部屋を飛び出して、そのまま家を出て裏庭に向かった。

裏庭の片隅には、小さく土が盛り上がった所があった。

――ユノの墓だ。

「ユノ……」

土の上に手のひらを当ててみる。冷たい。昨日、眠る前に触ったユノの温かさは、当然ながらそこにはない。

温かさと冷たさ。この温度差が、命の尊さというものなんだろうか。

あと少しで答えが分かりそうなのに、最後の何かがつかめない。俺はこの温度差から何を知るべきなんだろう。知ることができるんだろう。

いまだに命の尊さが分からないのが申し訳なくて、ユノの墓に背を向ける。そしてそれをごまかすかのように、違うことを考える。

眠ってる間に、俺は元の世界に戻っていたらしかった。理由は分からないけど、無事に戻って来られたならよしとしよう。

でも、なんでこんな所にいるんだろう？　俺は研究所の箱の中にいたはずだ。まさか俺の体が勝手に動いてここまで来たんじゃあ――

そこまで考えて、一つ思いついた。

そうだ。俺が向こうの世界に行ってたんなら、もしかして。

家の中に戻り、俺に怪訝《けげん》そうな視線を向けるおじいちゃんにさりげなく確認する。

「あの、おじいちゃん。昨日、俺っていつぐらいにここに来たっけ？」

「うん？　いつだったかなぁ……ああ、夕方の六時過ぎだな。お母さんが研究所までお前を迎えに行った時、ちょうど相撲をやってたはずだ」

母さんが研究所まで俺を迎えに来た……うん。間違いないだろう。

俺が向こうの世界に行ってる間は、向こうの世界の俺がこっちの世界にいたんだ。

きっと向こうの世界の俺は研究所の箱の中に跳んで、そこから母さんに電話したんだろう。女の子とは会ったんだろうか？　何を話したんだろう？　というか、結局あの子は誰だったんだ？

どうやら俺が次にするべきことは、あの子を探すことらしい。

「いや、しかし久しぶりに暦と一緒に寝られて、じいちゃん嬉しかったぞ」

「……そう」

考えてみれば、向こうの世界の俺がこっちの世界に来たんだとしたら、おじいちゃんが死んだ世界から生きてる世界に来たってことだ。俺以上に混乱したのかもしれない。何を思ったのか聞いてみたい気もする。

まぁ……迷惑をかけても、俺なんだから別にいいか。

「あのさおじいちゃん、体の具合、悪くない？」

「ん？　別にどうもないぞ？」

「そっか。長生きしてね」

「なんだなんだ？　心配しなくてもまだまだ大丈夫さ」

明るい笑顔でおじいちゃんは俺の頭をなでる。その手のひらが温かい。この温度も、そう遠くないうちになくなってしまうのかもしれない。並行世界のおじいちゃんのように。

「また、ちょくちょく遊びに来るよ」

色々な想いを込めて、俺はそう約束した。

「おう。鍵、見つかるといいな」

最後におじいちゃんが言ったその言葉の意味は、分からなかったけれど。

○

次の休みの日。


綺麗な女の人が、そう言って保育室を出て行った。

「じゃ、子供同士仲良くね」

「暦、せっかくだから友達になっておけ。お前、友達少ないだろ」

そんな余計なことを言いながら、父さんも女の人の後について出て行く。

そしていつもの研究所の保育室には、俺と、例の女の子だけが残された。

「お前のお母さん、所長さんだったんだな」

今出て行った綺麗な女の人は、この研究所を作った所長さんで、女の子のお母さんらしかった。並行世界から戻ってきた俺が、家に帰って父さんに「昨日こんな女の子に会ったんだけど知らない？」と聞いてみると、あっさり「それは所長の娘さんだな」という答えが返ってきた。

こうして女の子の正体は割れて、次の休みの日、研究所でその子との再会を果たしたというわけだ。所長さんはおじさんだと勝手に思ってたから、綺麗な女の人ですごくびっくりした。なんでも父さんと大学時代の同級生らしい。

「所長さんの娘だから、あの機械のこととか知ってたんだな」

「うん」

女の子は少しおどおどとした感じで俺の様子を窺《うかが》っている。かと思いきや、いきなり真剣な表情になって聞いてきた。

「ユノには、会えたの？」

「……うん。でも、命の尊さは分からなかった」

「命の尊さ？　どういうこと？」

犬は自らの死をもって命の尊さを子供に教える。その詩を女の子に教え、なのに俺はユノが死んでもそれがまだ分からない、ということを話した。温かさと冷たさにそれを感じたような気がするんだけど、それがうまく答えとしてまとまらないと。

話を聞き終えた女の子は、なんだ、とでも言うようにふっと笑った。

「もう、分かってると思うよ」

「え？」

「温かさと冷たさ。あなたの言う通り、きっとその温度差が、命の尊さなんだよ」

「どういうことだ？」

すがるように聞く俺に、女の子は優しく目を細める。

「あのね、生きてることは、温かいでしょ。その温かさは、ユノと会えたり、話せたり、遊べたり……そういうすべての可能性があることを意味してるんだよ。でも、死んでることは冷たい。その冷たさは、ユノの世界がそこで終わって、そこにはもうなんの可能性もないことを意味してる。あなたが感じたのは、可能性の温度なんだよ」

「可能性の、温度……」

「うん。その温度差が、きっと命の尊さなんじゃないかな」

ああ、そうか。素直にそう思った。

生きていることと、死んでいること。その温度差で、二つの間にはそれだけの可能性の差があるということを、ユノは教えてくれたんだ。

後でもう一度ユノの墓に行こう。そして今度こそちゃんと、お礼とお別れを言おう。俺はやっと、ユノが死んだということを受け入れられたような気がした。

「ありがとう。お前、すごいな」

「そんなことないよ」

向けられた微笑みに、俺の心臓が少し高鳴る。

「……そう言えば、そっちはあの後どうしてたんだ？」

ごまかすように聞く。けどそれも大事なことだ。

並行世界に行った後、俺は一晩を過ごしてからこっちの世界に戻ってきた。その間、あっちの世界の俺が入れ替わりにあの箱の中に移動してたとしたら、どう考えても顔を合わせてると思うんだけど。

「あの後ね、機械の中にいるあなたが、いきなり人が変わったみたいになったの。自分のことを『僕』って言ってたし、私のことも、自分がどこにいて何をしてるのかも分かってないみたいだった」

「たぶんそれ、並行世界の俺だ。そっか、あの世界の俺ってまだ自分のこと『僕』って呼んでるんだな。それで？」

「うん、それで、びっくりして、なんだか怖くなって……」

急にばつが悪そうな顔になる女の子。おいおい、まさか。

「そのまま逃げちゃったの。ごめんなさい……」

なんという無責任な話だろう。でも、よく考えたら俺も思いつきでやってしまったことから逃げ出すなんてしょっちゅうだ。本当ならもっと怒るべきなのかもしれないけど、そんな気になれなかった。

「まぁ、ちゃんと帰って来れたからそれはいいよ。それよりもさ、なんであんなに真剣に俺を並行世界へ行かせようとしたんだ？」

俺の質問にしばらくじっと黙っていた女の子は、やがて小さく口を開いた。

「私のお父さんとお母さん、離婚したの」

「ふーん。うちと同じだな。で？」

何でもないことのように返すと、女の子は顔を上げて目を丸くした。でもそれで安心したのか、そこからは流れるように喋り始めた。

「すごく喧嘩してね。怒ってるのはお父さんばっかりだった気がするけど……お父さんはもう二度と会わないって言って出て行っちゃったの。それから本当に、一回もお父さんとは会ってない。でも私は、お父さんのことも嫌いじゃなかったから……」

離婚したのは同じでも、俺の両親とはいろいろと違うらしい。でも、ということはなんとなく話が見えたような気がする。

「そんな時に、お母さんから並行世界の話を聞いたの。並行世界に自由に行ける機械を作ってるって。それを使えば、お母さんとお父さんが仲良くしてる並行世界に行けるかもしれないと思って」

うん。まぁそんなところだろう。じゃあ俺の役割は？

「けど、いきなり自分で試すのは怖いから……」

「……要するに、俺を実験台にしたんだな」

「……ごめんなさい」

しおらしく謝る女の子。かわいい顔をして恐ろしいことをする。それだけ両親の離婚がショックだったのかもしれない。離婚した後でも両親が仲のいい俺には、その気持ちは分からないけど。

だからと言って、このまま許してやろうとも思えない。

「よし。じゃあ今からもう一回、今度はお前があの箱に入れ」

「え？」

「当たり前だろ？　お前はそのために俺を実験台にしたんだから。それに俺はちゃんと並行世界に行って帰ってきた。だったらお前もきっと上手くいく」

「……でも……」

女の子は躊躇《ちゅうちょ》するが、俺は何も本当に仕返しの意味だけでこんなことを言ってるんじゃない。確かに利用されて実験台にされたのかもしれないけど、それでも俺はその結果に感謝していた。俺はユノにもう一度会えて、大事なことを知ったんだから。

だからこれは、半分くらいは恩返しのつもりだ。並行世界へ行くことで、きっと何か得るものがあるはずだと思う。

まだ決心がつかない様子の女の子に、最後の一押しをする。

「仲のいい両親に会いたいんだろ？　俺は、ユノに会えた」

ユノに会いたいんでしょ？　そう言ってこの子は俺を箱に入れた。だからこの言葉には逆らえないはずだ。

「もう一度ユノに会えて、よかったと思う」

だめ押しの一言。しばらく悩んだ後、その子はついに首を縦に振った。

「分かった。行く」

「よし」

そうと決まれば善は急げだ。女の子の案内で再び箱のある部屋へ行き、機械のだいたいどのあたりを触っていたのかを聞いて（適当に触っていたとしか分からなかったけど）、女の子を箱の中に入れた。

「並行世界に行きたいって念じてろよ。俺も一応そうしてたから」

「うん。分かった」

素直に返事をして、女の子は祈るように手を組んで目を閉じた。

俺はガラスの蓋を閉じて機械へ向かう。もちろん何がどうなっているのかさっぱり分からない。とにかくあの時の女の子と同じように、動かせそうな所をがちゃがちゃといじってみる。しかししばらくそれを続けても何の反応もないので、箱に近づいて中の女の子に声をかけてみた。

「おーい。どうだ？　何か、」

言葉の続きが、途切れる。

目をこする。

気のせいだろうか？

箱の中に横たわる女の子の体が、何か、ぶれているような——

「こーら。何をしてるかな君は」

突然後ろから聞こえてきた声に、驚いて振り向いた。

「あ……所長さん」

「勝手に入っちゃ駄目でしょ。あ、うちの子まで。こら、出てきなさい」

近づいてくる所長さんの顔はそれほど怒っているようにも見えないけど、本当のところはどうか分からない。

所長さんが箱を開けると女の子が起き上がって、気まずそうに顔を伏せた。その体はもうぶれて見えない。所長さんも何も言わないし、気のせいだったんだろうか？

「あんたたち、ここで何してたの」

「……並行世界に、行きたくて」

女の子はお母さんの言葉に素直に答える。ちなみに俺がすでに一度この箱を使って並行世界に行っていることは誰にも言ってない。俺たちだけの秘密だ。

「馬鹿ね。これはまだ完成してないんだから行けるわけないでしょ。そもそも電源も入ってないのに」

「え？」

俺と女の子は顔を見合わせる。

完成してない？　電源も入ってない？

「あ、あの……」

「好奇心が強いのはさすが私の娘ってところか。君のほうも、お父さん譲りかな？」

俺の言葉を聞いていないのか、所長さんは独り言のように喋り続ける。

「そこは親のせいかもしれないな。でも、怒るとこは怒らないとね。それが大人の仕事だから。じゃあとりあえず、二人とも正座」

「え？」

「正座」

「はい」

……そして俺と女の子は硬い床に正座させられ、やたらと理屈っぽい説教を小一時間も聞かされる羽目になったのだった。

○

やっと説教から解放された俺たちは、保育室に戻ってお互い親の仕事が終わるのを待っている。他に子供はいない。気まずい空気だ。

何をするでもなくただ隣に座っている女の子に、不機嫌さを隠さず話しかける。

「怒られたじゃんか」

「そっちが無理矢理、箱に入らせたから」

女の子は女の子で不機嫌そうだ。やっぱりただ大人しいだけの子じゃないらしい。しかしさすがに、その言い分には納得がいかなかった。

「元はといえばお前が悪いんだろ？」

元はといえばこいつが俺を箱に入れたのがそもそもの原因だ。ついついきつい口調になって女の子を睨みつけてしまう。

けど、その子の顔を見て、すぐに後悔した。

女の子は、唇を噛《か》みながら、目に涙を浮かべていた。

「あ……」

女の子を泣かせてしまった。これは男として最もやってはいけないことだ。冷静になればそんなにきつく言わなくてもよかった。確かに最初に俺を箱に入れたのはこの子だけど、それがたとえ実験だったとしても、そのおかげで俺はユノに会えたんだから。

どうしよう、なんて言って謝ろう。

俺が言葉を探していると、女の子がこっちを睨み返してきて、言った。

「私、『お前』じゃない」

それを聞いて、やっと気づいた。

そう言えば俺たちは、お互いの名前も知らなかったんだ。

最初に父さんが言っていたことを思い出す。そうだ、せっかくだから——

「……ごめん。俺、日高暦《ひだかこよみ》」

自己紹介をした。

せっかくだから友達になっておけ。父さんはそう言った。

まずはここからだ。俺が手を差し出すと、女の子は目を丸くした。

そして、すぐに嬉しそうに笑って。

「私、栞《しおり》。佐藤栞《さとうしおり》」

そうして俺たちは、握手をした。

それは、決してしてはいけない握手だった。

幕間

この年、佐藤所長はドイツへと渡り、権威のある学会で全世界に向けて「並行世界の存在を実証した」と発表した。

発表の内容は、次のようなものだ。

この世界には数多くの並行世界が実在し、人間は日常的に、無自覚にその並行世界間を移動している。移動は物理的に肉体が移動するわけではなく、意識のみが並行世界にいる自分と入れ替わる形で行われる。この時、時間は移動しない。

近くの並行世界ほど元の世界との差違は小さく、極端な例では、一つ隣の世界とは朝食が米だったかパンだったか程度の差違しかない。

また、近くの並行世界ほど無自覚に移動してしまう頻度は高く、移動している時間は短い。これらが人々が並行世界間移動に気づかない理由である。そのため「あそこにしまったはずのものがない」「一度探したはずの場所から探し物が出てくる」「約束の日時を勘違いしていた」などの、いわゆる記憶違い、勘違い、物忘れといった現象が起こる。

ごくまれに、遠くの並行世界へ移動してしまうケースもあると思われる。遠くの世界ほど元の世界とはかけ離れており、そこへ移動してしまった人間は、自分があたかも異世界に迷い込んだかのように思うはずである。

この並行世界間移動のことを『パラレル・シフト』と名付ける。

第一弾の発表としては、大まかにこのようなものだった。

並行世界を研究するための学問を、所長は『虚質科学』と名付けた。大学時代に所長が提唱し、卒業後には地元の大分県に虚質科学研究所を設立。そこで細々と研究されていた虚質科学は、これにより初めて大々的にその名を知られることとなった。

その発表は空前の論争を巻き起こし、世界各地の学者や研究機関がそれを確認するため、あるいは否定するために一丸《いちがん》となった。結果、並行世界の存在はわずか三年で世界中の研究機関が認めるところとなり、虚質科学は学問の一分野となった。

世界が大きく変わり始めていたそんな時代、俺の世界も小さく、けれどやっぱり大きく変わりつつあった。

俺は栞と友達になって、それからほぼ毎日一緒にいるようになった。

そのことが、俺と栞の人生を大きく変えた。

栞は俺と同じ学校、同じ学年で、ただクラスが違うだけだった。だから学校が終わったら一緒に研究所に通い、父さんや所長、他の所員たちから折に触れては虚質科学のことを聞かせてもらった。おかげで俺たちは、大袈裟に言えば小学生の中では世界一虚質科学に詳しかったのではないだろうか。もちろんそれらの知識はすべて、子供にも分かるようにたとえられたものだったのだけど。

ユノの生きている世界にパラレル・シフトしてからは、再びシフトはしなかった。あれ以来勝手に箱を使うこともなく、栞は結局一度もシフトしていない。もしシフトしていたとすれば、世界間の距離が近すぎて気づかなかったのだろう。数年後には自分がどの世界にいるのかを測定するためのIP端末というものが開発されるのだが、この時はまだ構想しかなかったらしい。

この時の俺たちにとって、虚質科学は現実と言うよりおとぎ話に近かった。

その虚質科学が、俺にとってまぎれもない現実となったのは、俺が一四歳の時。

交差点の幽霊が生まれた、その年だ。

第二章　少年期、一

「人助けがしたい」

その夏は、栞のそんな台詞から始まった。

俺も栞も一四歳の夏休み。二人の時間はたくさんあった。俺は父さんと二人暮らしで栞は所長と二人暮らし。どっちもだいたい家に一人なので、毎日一緒にいろんな所へ遊びに行った。通学用の自転車は俺たちを簡単に遠くまで運んでくれた。

今日も学校近くの公園で待ち合わせて、さぁ今日はどこへ行こうかと話し始めたら、いきなりの栞の台詞だった。

「どうしたんだよ急に」

二人で分けたソーダ味のアイスを舐めながら聞く。やれやれ、また始まったか。

親しくなるにつれて分かってきたのだが、栞はかなり変なやつだった。基本的には心優しい女の子なのだけど、あふれる好奇心と謎の行動力が同時に発揮されると、その優しさが妙な方向に作用することがあった。

例えば一一歳のとき。研究所で一匹のネズミが捕獲され、書類やケーブルなどをかじられるという被害が出ていたため処分されかけていた。栞はそれをかわいそうだと言って引き取り、悪さをしないようにしつけようとした結果、ネズミに寄生していたダニに嚙まれて高熱を出し、今でもネズミが大嫌いだ。

数年の付き合いで、栞が思い付きで唐突に変なことを言い出すのには慣れつつあったけど、それにしても人助けとは。

「暦くんは人助け、嫌い？」

「いや、困ってる人がいれば、そりゃ助けるけど」

「じゃあ、困ってる人を助けに行こう」

「なんなんだよ、もう……」

栞が何かをやろうと決めたときは何を言っても無駄だ。俺が嫌がれば一人で行ってしまう。そして往々にして、一人で何かやっかいな結果を生んでしまう。それを放っておくこともできず、結局は俺も一緒に行くことになってしまうのだ。

「でも、困ってる人ってどこにいるのかな」

「人がたくさんいる所なら、誰か困ってるんじゃないか？」

「人がたくさんいる所……例えば？」

「そうだな……美術館の公園、行ったことあるか？」

「あ、ないない。行ってみたい！」

人助けという目的がさっそくぶれているが、そこは突っ込まないことにする。栞はあまり親に遊びに連れていってもらったことがないらしく、近所の公園なんかに連れていくだけで喜んでくれた。

俺と栞はまず自転車で駅へと向かい、駅から南へ一〇分くらい自転車を走らせ、大通りを少し奥へ入った所にある小さな公園に自転車を停めた。ここはまだ目的地ではない。この公園は『ローカル広場』と言い、小高い丘の大半を占める広い公園のほんの一部に過ぎないのだ。

丘の上に向かう道を少し登ると、脇道に二本のトーテムポールが立っている。それが森の中に広がる公園の入り口だ。そこからは森の中に作られた散策路をひたすら歩いて上っていく。そして少し歩き疲れてきた頃、丘の中腹に現れるのが『こども広場』というもう一つの公園だ。

こども広場はローカル広場と比べて遊具が多く見晴らしもいいので、小さな子供を連れた家族がたくさんいる。アスレチックや滑り台が一緒になった複合型の遊具、半円形のジャングルジムにトンボの形のシーソー。まだ父さんと母さんが離婚してない頃に、何度か連れてきてもらった記憶がある。

「栞、どれか遊ぶ？」

「……子供じゃないんだから」

そう言いつつも、栞の目はきらきらと輝いているように見える。まぁ、ずっと年下の小さな子供たちに混ざって遊ぶのは恥ずかしいかもしれない。俺も久しぶりにローラー滑り台で遊びたい気持ちをぐっと我慢した。

「困ってる人は……いないかな」

栞に言われて広場を見回してみるが、みんな楽しそうに遊んでいる。人助けはいいことだけど、困っている人がいないのはもっといいことだ。

「まだ上があるから、行ってみるか」

散策路に戻り、さらに上っていく。夏でも森の中は涼しくて気持ちがいい。それでもやっぱり汗ばんでくるけど、栞と一緒ならそれも決して不快じゃない。

息を弾ませながら散策路を上りきると、丘の頂上にある美術館の裏手に出る。そこの駐車場を通って階段を上れば、ゴール地点の展望広場だ。

「わぁ……こんな風になってるんだ」

芝生の広がる丘の頂上には太陽の光がこれでもかと降り注いでいる。広場の真ん中には大きな象のオブジェがあって、俺は何度かこれに登ろうとして失敗している。

　そのオブジェの向こう側には市内の町並みが広がっていて、少しだけ海も見えた。

「あっちの建物は？」

「あれはなんだっけ……なんとかハウスとか言ったような」

　芝生を横切った向こう側に建っている建物に近づいてみる。看板には『チャイルドハウス』と書かれている。中では小さな子供を連れた母親たちが、何やらレクリエーションをしているようだ。

　チャイルドハウスは建物の外に階段がついていて、屋上まで上ることができる。今日の個人的な最終目的地はその屋上だった。

　都合良く、今は人がいない。栞に手招きしながら階段を駆け上る。

「ほら、ここが一番見晴らしのいいとこ！」

「うわあ……！」

　展望広場から見える町並みは、目線の高さに森の木々があって中途半端だ。だけどここからなら森は完全に目線の下になるから、本当に見晴らしがいい。

「山のほうまでくっきり見えるね……海もこのくらい見えたらいいのに」

「栞は、山より海のほうが好きなのか？」

「どっちかって言うと、そうかな」

「そっか。俺は山だな」

「山も好きだよ？」

「じゃあ、明日は山に登るか？」

「うん、それもいいね！」

こうして明日の目的地が決まる。ちょうど前から行ってみたかった山があったんだ。初めて行くから楽しみだ。

せっかく来たんだからと美術館も覗いてみた。だけど二人ともあまり美術品の良さが分からず、足早に館内を一周しただけで出てきてしまった。栞はそれよりももう一つの散策路が気になってるみたいで、希望に応えて今度はそっちから丘を降りていく。

こっちの散策路は途中に遊具とかはないからほとんど人の姿がない。静かでいいやと思いながらゆっくりと歩いて降りていく。途中にある水辺広場には小さな四阿《あずまや》があって、そこに腰を下ろして一休みした。

「涼しいね」

「そうだな」

四阿は日陰になるようにできていて、近くで水が流れる音も相まってすごく涼しく感じられる。汗が引くまで、特に何を話すでもなく時間を過ごす。

「あ！」

急に、栞が大声を上げた。

「どうした？」

「……人助け、忘れてた」

そうだろうと俺は苦笑する。途中から、栞は完全に公園を楽しんでいるだけだった。

「困ってる人がいないのはいいことだろ？」

「それは、そうだけど」

眉根を寄せてうつむく栞。人助けができないのが残念なのか、それとも今更ながら人助けのために困っている人を探すという行為に罪悪感を覚えたのか。

「なんでいきなり、人助けとか言い出したんだ？」

確かに栞はよく突拍子もないことを言い出す。しかし話を聞いてみればそれらにはちゃんとした理由があり、それは決して自分勝手なものではないのだ。

しばらく黙っていた栞は、やがて観念したように、口を開いた。

「お父さんに、会ったの」

予想外の言葉に、少し思考が停止する。

お父さんというのは、離婚した栞の父親のことだろう。所長と酷い喧嘩をして、二度と会わないと言い残して去っていったという、あの。

「あ、お母さんには内緒にしててね！」

一瞬、両親が仲直りしたのかと思ったけど、どうやら違うらしい。栞は、母親には内緒で別れた父親に会ったのだ。

「会っちゃいけないって思ってたけど、この前、家の片づけをしてたらお父さんの写真が出てきて、どうしても会いたくなって……昨日、お父さんの会社まで、会いに行ったの」

「そっか。会ってみて、どうだった？」

「お父さん、優しかった。よく来たなって頭をなでてくれて、大きなパフェを食べに連れて行ってくれて……私、嬉しくて、お母さんと仲直りできないのって聞いたの。でも、それはできないんだって言われた」

俺の両親は、離婚はしたけど今でも仲はいい。だから栞にかけてやる言葉が見つからなかった。何を言っても的外れになってしまう気がする。

「でもね、お父さんは言ったの。もう一緒には暮らせないけど、私のことはずっと大好きだって。だから、お父さんがいなくてもいい子に育ってほしいって」

「それで、人助け？」

「うん。見返りを求めないで他人を助けられる人になりなさいって」

「だからって、そのために人が困ってるのを望んだら意味ないだろ……」

「うん……そうだよね」

これが栞の面白いところだ。目的のためには手段を選ばないというか、木を見て森を見ないというか。結果、自己嫌悪で沈んでしまう。

初めて研究所で会ったとき、いきなりパラレル・シフトの実験台にされたことを思い出す。少し成長しても中身は全く変わってない。あの時と同じ顔でうつむいている栞を見て、俺は再び苦笑せざるを得なかった。

「じゃあこの先、俺が困ってたら助けてくれよ」

それは俺なりのフォローのつもりだった。この言葉で栞が笑顔になって、元気よく頷くのを想像していた。

なのに栞は眉根を寄せたまま、笑顔を見せてはくれなかった。

「もちろん、助けるけど」

「なんだよ、俺じゃ不満なのか？」

「そうじゃないけど……暦くんは、お友達だから」

「友達だからなんだよ」

「えっと……『名乗るほどの者ではありません』って言えないでしょ？」

「は？」

何を言ってるんだろうこの子は。

「見返りを求めない人助けって、そういうことでしょ？　知らない人を助けて、名前を聞かれて、名乗るほどの者ではありません、って。だから暦くんじゃ駄目だよ」

そう言う栞の顔は、真面目そのものだ。

俺は思わず、ため息をついて。

「お前って、ときどきすごいバカだよな」

「な……なんで!? バカじゃない！」

泣きそうな顔で言い返す栞を見て、思わず頭をなでてやりたくなった。

○

昨日約束した山登りをさっそく実行するため、俺と栞は今日も一緒に出かける。

山登りと言っても山へ登ることそのものが目的ではない。その山の中腹に面白い場所があり、そこへ行くことが目的だ。そこまでは舗装された道があるので、俺と栞は息を切らせながら自転車を押して坂道を登っている。

登る時の自転車は余計な荷物でしかないけど、これがあれば帰りは一気に下っていけるのだということを心の支えにして登り続け、ようやく目印の駐車場を見つけてそこに自転車を止める。まさかこんなに時間がかかるとは思わなかった。出発したのは三時くらいだったのに、時計を見るともう五時を過ぎている。駅からここまで二時間以上かかってしまった。途中少し道に迷ったのと、目的地に近づくにつれて上り坂が増えたのが原因だと思う。地図上の距離が一〇キロちょっとだから油断していた。

とは言え、ここまでくれば山登りはほとんど終わりだ。まだ頂上ではないけど目的地はすぐそこにあるはず。手書きの地図を頼りに最終目的地を目指すと、特に迷うこともなく約五分後、『鐘楼展望台』と書かれた看板を見つけた。

そこにあった物を見て、栞が目を丸くする。

「鐘？」

そう、鐘だ。大晦日なんかにお坊さんが鳴らす、大きな鐘。それが山の頂上にある。

「ここが展望台なの？」

やや不満げに栞が呟く。町並みを見下ろすこともできるのだけど、周りには木も生えていてあまり展望台という雰囲気ではない。えっちらおっちらと自転車を押しながら登ってきたのに、これでは不満が出るのも仕方がない。

だけど、違うんだ。

「栞、こっちこっち」

俺は栞を手招いて、鐘の反対側へと連れてくる。

「……あ！」

そこには鐘楼の屋根から梯子《はしご》がほぼ垂直に降りており、屋根には人一人が通れるくらいの穴が開いている。

「これ……もしかして、上れるの⁉」

「大正解」

ぱっと表情を輝かせた栞に、俺も思わず笑みがこぼれてしまう。この顔が見たくてここまで連れてきたんだ。

霊山《りょうぜん》鐘楼展望台。駅から一〇キロほど南にある霊山という山の中腹にある展望台だ。本来は霊山寺というお寺の鐘楼なのだけど、その屋根の上が展望台になっているという面白いスポットなのだ。研究所の人に話を聞いて、いつか行きたいと思っていた。

「俺が先に上るから、気をつけてついてこいな」

「うん」

急な梯子をゆっくり上り、上についてもあえてまだ景色は見ないようにして、栞に手を貸して引き上げる。

そして二人で並んで、顔を上げた。

「……すごい」

昨日行った美術館の展望台は標高一〇〇メートルもないけど、ここは四〇〇メートル近いらしい。眺めの良さは段違いだった。美術館からはよく見えなかった海も、ここからははっきりと見える。

「栞と、ここに来たいと思ってたんだ」

「うん……ありがとう、暦くん」

栞は目を細めてその風景を眺めている。俺は風景よりもその横顔を見てしまう。さらさらの黒髪が風になびいて、桃みたいな甘い香りが俺の鼻に届く。なんだかやましいことをしているような気がしてきて、慌てて顔をそらす。

そんな俺の耳に、今度はもっと嬉しい言葉が届く。

「私も、暦くんとここに来れて、よかった」

栞はこっちを向いて、少し照れくさそうに笑った。

俺の心臓が、どくん、と大きく高鳴った。

なんだろう？　急に鼓動が速くなった。顔に血が上ってきて、頬も熱い。耳まで熱いような気がする。栞に見つめられているのが恥ずかしくなって、体ごと反対側を向いてしまう。頬をなでる風に、早く熱を奪い去ってくれと願う。

会話が途切れ、それからしばらくはお互い無言で風景を見ながら過ごした。栞の横顔を覗き見ると、やっぱり少し頬が赤かった……ように見えたのは、気のせいだろうか。

やっと頬の熱が引いてきて、時計を見るともうすぐ六時になろうとしていた。行きほど時間はかからないにしても、そろそろ下りないと帰りつく頃には真っ暗になってしまう。

じゃあ、そろそろ帰ろうか……そう言いかけた俺の口を、思いつきが閉ざした。

この展望台のことを教えてくれた研究員は、こう言っていた。

鐘楼展望台は、最高の夜景スポットだと。

七月末。日の入りはだいたい夜七時くらいだ。あと二時間も待てば、栞と一緒に最高の夜景が見られるのだ。

暗くなると帰り道が危なくなるし、また道に迷ってしまうかもしれない。もしも帰りが九時を過ぎたらさすがに怒られるだろう。

でも、せっかくだから夜景が見たい。

……夜景を見てる、栞の横顔を見たい。

どうするべきか悩む俺に、正しい選択肢を示すように、栞が言った。

「ねぇ、そろそろ帰ったほうがいいんじゃないかな」

分かってる。それが正解だ。

でも、俺は。

「あのさ、ここって、ものすごく夜景が綺麗なんだって」

「夜景？」

「うん。だから、暗くなるまでここにいないか？」

俺がそう言うと、栞は困ったように眉を寄せた。

「でも……暗くなるのって八時くらいだよね。それまで待ってたら、帰るの一〇時くらいにならない？」

「帰りは下り坂だからそんなにかからないよ。飛ばせば八時には帰れると思う」

「暗くなってからそんなに急いだら、危ないよ」

「でも、夜景が綺麗だって……」

それ以上強く推せずに、俺は黙り込む。どう考えたって栞のほうが正しい。

けど、栞は。

「……うん、分かった。夜景、見よっか」

本当に、と喜びの声をあげそうになって。

仕方がないなぁと、我が儘《わま》な子供を見るような困り顔で笑う栞を見て、なんだか俺は、自分がものすごく情けなくなった。

「……いや、やっぱりいいや。帰ろう」

そう言って、栞の返事も待たずに梯子を下りる。

「え？　いいの？」

戸惑いながらも栞は俺についてくる。そして会話もないまま自転車に乗り、坂道を下り始めた。そうだ、山を下りなければいけないんだから、暗くなったら危ないなんて話じゃない。もし栞に何かあったらどうするんだ。

俺は何も言えないまま、ブレーキをかけながらゆっくりと坂を下っていく。

すると、栞が隣に並んできて。

「暗くなっても怒られないくらい大人になったら、また一緒に来ようね」

優しい声で、そう言ってくれた。

「大人になっても一緒にいるかどうかなんて分からないだろ」

嬉しいのに、そんなひねくれた答えを返してしまう。何を拗《す》ねてるんだ、俺は。

「夢をね、見たんだ」

栞は、唐突にそんなことを言い始めた。

「夢？」

「うん。タイムマシンで、未来の私が会いにくる夢」

栞を見ると、とても穏やかな顔で前を向いている。

「未来の私はね、私が大人になっても、おばあちゃんになっても、暦くんと一緒にいるって言ってたよ」

ああ。

それはなんて、素敵な夢だろう。

「おじいちゃんになった暦くんは、ボケちゃって私のことを忘れちゃうんだよ。そうしたら私は暦くんを助けてあげて、名乗るほどの者じゃありませんって言うんだ」

「……絶対、お前のほうが先にボケるよ」

「あはは、そうかもね。じゃあそうなったら、暦くんが私を助けてね」

「ああ、いいよ」

「本当に？」

嬉しそうに俺を見る栞。こんな夢の話に目を輝かせて。

だから俺も、真剣に答えた。

「約束する。お前が困ってたら、絶対に俺が助けてやる」

「うん」

たぶん。

俺はこの日、恋に落ちたのだと思う。

○

俺と栞の一四歳の夏は、穏やかだった。

その日、俺と栞は研究所の保育室にいた。そこには休憩中の父さんと所長もいて、二人から虚質科学についての簡単な講義を受けていた。

「虚質科学の『虚質』というのは何のことか分かるか？」

所長からの出題に、俺と栞は顔を見合わせる。なんとなく分かっているつもりだけど、あらためて説明しろと言われると難しい。

「えっと……海？」

「それはたとえ話だな。虚質科学というのはまず、虚質空間という概念上の空間を想定することから始まる。分子で構成されている物質空間に対し、虚質素子で構成されている虚質空間。この世界は物質空間と虚質空間が重なり合ってできていると考えるんだ」

所長は普段は少し変な喋り方をするのだが、真面目な話をする時は男の人のような口調になる。その時の所長には俺もつい生徒のような受け答えをしてしまう。

「その虚質空間を、海にたとえるんですよね？」

「うん、並行世界の概念を理解するためには確かにそうなんだが……それ以前に、虚質空間というのは『変化するための場』のことなんだ」

「変化するための、場？」

「そう。この世界には時間が流れている。その時間を作り出しているのが虚質空間だ。そして時間というのは、変化のことだ。逆説的になるが、だから虚質空間とは変化する場ということになる。時間があるから変化があるのではなく、変化が時間なわけだ」

俺も一四歳にしては頭がいいほうだという自信があるが、さすがに一つの学問を作り上げたような天才の話をすんなりとは理解できない。

じっと黙って話を聞いている栞に目を向ける。栞も困ったような顔で俺を見ている。もしかしたら栞は分かっているのかと思ったけどそうでもないらしい。

だから俺は、父さんにヘルプを求めた。こういう時のために、母さんと離婚して以来、難しいことはなるべく分かりやすくたとえて話をするようお願いし続けてきたのだ。

俺の期待に応えて、父さんはたとえ話を始めた。

「そうだな……例えば、ボールを投げるだろ。この時、時間が経つにつれてボールが前に進むんじゃなく、ボールが前に進むという変化のことを時間と呼ぶ、ということだ」

「……どういうこと？」

「つまりな、この世界に時間なんてものは本来なくて、ただ『違う状態』が連続してるだけだってことだ。ああ、パラパラマンガが分かりやすいか。一枚一枚はただの絵だけど、それを重ねてめくると動いて見えるだろ。その『動いて見える』という現象を『時間』と呼ぶんだ、分かるか？」

「うん……なんとなく」

俺が頷くと、話は再び所長に戻る。

「その『違う状態』を生み出しているのが、虚質素子だ。変化しようという宇宙の意思。隣の自分と別人であろうとした寂しがり屋」

この人は、頭がいい上に時折妙に詩人になる。なんでも昔のアニメやゲーム、ライトノベルとかが大好きらしい。それらに出てきた固有名詞や台詞を使いたがる癖があるのだと父さんに聞いたが、分かりにくさが際限なく上がっていくだけだ。

俺が翻訳を求めるまでもなく、父さんがたとえ話を始める。

「この世界が一冊のノートだとすると、虚質空間というのは真っ白な紙だ。一枚一枚になんでも好きなことを描いてパラパラマンガを作れる。そこに描かれた文字や図形がそれぞれの物質空間。つまり、紙の材料が『虚質』で、紙に染み込んだインクが『物質』になるわけだな。虚質は物質に形を与えるために存在し、物質は虚質がなければ形にならない。そう考えるといい」

「うん。それなら分かる」

長年の苦労が実って、父さんは分かりやすいたとえ話をマスターしてくれていた。これがなければ俺は所長の話の半分も理解できなかったに違いない。栞も理解できたと頷いて、話者は再び所長に戻る。

「虚質空間は虚質素子で満ちている。この虚質素子が物質空間を形作り、その変化の差違が並行世界になるというわけだな。その各々の世界で変化した素子が描き出す模様のことを、私は『虚質紋』と名付けた。英語だと『Imaginary Elements Print』、略してＩＰと呼ぶことが多い」

「またノートでたとえると、同じページに描かれたいろんな図形の一つ一つが並行世界ということだな。その各図形の、言ってみれば裏写りの模様が虚質紋になる」

再び、父さんのたとえ話に感謝。

「私は今、世界のＩＰを測定して並行世界との差違を数値化するという研究をメインでやっている。とは言え虚質素子を観測する方法はまだ存在しないから、物質の素粒子の状態を測定することで擬似的にIPを導くしかないんだがな。そうやって測定したIPの差違を数値化して表示することで、今自分が元の世界からどれだけ離れた並行世界にいるのかを知ることができるというわけだ。まだ試作品もできてない段階だが、構想では腕時計のようなタイプの端末にしたいと思ってる」

少し想像してみる。腕に巻いた端末に表示される数値で、自分が今どこの並行世界にいるのかを確かめる……なんだかマンガのような話だ。

「このIPを観測したり制御したりすることで、並行世界をうまく移動したりできないかというのが虚質科学という学問なわけだな」

「父さんも所長さんと同じ研究をしてるの？」

「いや、俺の研究はまた違う。本当は研究内容をあまり喋るのもよくないんだが」

「子供たちにくらい、いいんじゃない？」

気軽に言う所長に、父さんはやれやれと肩をすくめる。

「そうだな……科学の進歩に貢献すると思われる虚質科学だが、このまま発展していくと、それを利用した新しい犯罪が生まれるかもしれない」

「犯罪？　どんな？」

「正確に言うと、犯罪じゃなくて冤罪だな。罪をなすりつけることだ。例えば、並行世界の暦が万引きしたとして、その暦がこの世界にパラレル・シフトしてきたら、この世界では万引きなんて起きてないんだからその罪はなくなる。代わりに向こうの世界に行った暦が万引きの罪を着せられるんだ。これは十分にあり得る話だと思う」

「本当だ……じゃあどうすればいいの？」

「犯罪者がパラレル・シフトできないように、何らかの方法を考えないとな。そういうのも俺たちの仕事なんだ。俺の研究はそっちだな」

「ふうん」

はい先生、とでも言うように、栞が手を挙げる。

「あの、警察もシフトしてきて逮捕すればいいんじゃないですか？」

「でも、犯人がどこの世界に逃げたかって分からなくないか？」

「あ、そっか……じゃあ……」

俺と栞はああでもないこうでもないと互いの意見を交換する。もともと勉強は好きなほうだけど、栞と一緒ならさらに楽しい。

父さんと所長は、俺たちの邪魔をせずに大人だけで何やらぼそぼそと話している。時折こちらに目を向けながら。何だろう？

そして、俺たちの会話が一段落するタイミングを見計らって。

所長は唐突に言った。

「あんたたち、付き合ってるの？」

……あまりにもいきなりなその言葉に、俺も栞もすぐには何も言えなかった。

「お前たち、やっぱりそういう関係なのか？」

これは父さんの言葉。そういう関係というのがどういう関係なのか、理解するのは俺よりも栞のほうが早かった。

先に栞が激怒した。

「な……何言ってるの!? 暦くんとはそんなんじゃない！　お母さんの馬鹿！」

たまに母親に似てエキセントリックな言動を見せることもあるが、栞は元々おとなしい性格で、母親に対して逆らったり声を荒らげたりするのを見るのはそれが初めてだった。

そういう関係だとか、そんなんじゃないとか。何のことを言っているのかは俺にも分かっていたはずなのに、なぜだか俺はしばらくそれを理解しなかった。そしてゆっくりとそれを理解した後で、父さんと所長が俺と栞を男女の関係として見ているのだと思った時、初めて大人というものへの嫌悪感を抱いた。

確かに俺は、つい先日、栞に対してそういう想いを自覚したばかりだ。

けど俺は、俺なりにその想いを大事にしようと思っていた。もしかしたら、今でも告白すれば栞は頷いてくれるのかもしれない。でも、今までよりもたくさんの時間を重ねて、ゆっくりと想いを育てて、自然に友達以上の関係になれたらと思っていた。俺と栞の関係は、二人でそうやって築いてきたものだ。

なのに、何だ今の言葉は？

何と言えばいいんだろう、俺と栞、二人で丁寧に色を重ねていたキャンバスに、大人が勝手に決定的な色を描き足してしまったような。

俺と栞が大事に描いてきた絵は、もう俺たちの望んだ通りには完成しないのだ。

生まれて初めて、俺は父さんを殴った。

「……ふざけんなよ」

一四歳という年齢にしては珍しく、反抗期らしい反抗期がなかった俺と栞の、それが第二次反抗期の始まりだったのだと思う。

俺に殴られた父さんは、自分がどうして殴られたのか分からないというようにぽかんと俺を見ている。それは所長も同じだ。

母親に対して怒っていた栞は、俺が父さんを殴ったのを見て一転して心配そうな表情を浮かべている。俺は、どうして栞がこんな顔をしなきゃいけないんだとますます腹が立ってきて、父さんたちに背を向けた。

「栞、行こうぜ」

「……うん」

保育室を出て行く俺に、栞は大人しくついてくる。その手を握ろうかと一瞬思ったけどやめておいた。

その後、俺と栞は二人で近所の河川敷へ行き、川に向かって石を投げながら互いの親を罵倒し合った。とは言っても、それまで親に反抗などしたことのない二人だ。その罵倒もいまいち迫力のないものだったけど。

「お母さん、酷い。なんであんなこと言うんだろう」

「意味分かんないよな。俺と栞が何だってんだよ」

「暦くんのお父さん、やっぱりって言ってた」

「何がやっぱりだよ。自分は母さんと離婚したくせに、分かった風に言いやがって」

「私のお母さんだってそうだよ。お父さんをあんなに怒らせたのに」

「勝手なこと言うなってんだよな……もっと殴ってやればよかった」

怒りに任せて川面に石を投げつける。いらいらして仕方がない。

栞が母親に言った、あの言葉。

暦くんとはそんなんじゃない。

俺が一番聞きたくなかった言葉を、こんな形で聞くことになってしまった。

今になって理解する。栞への想いを自覚しても告白しなかったのは、その言葉だけは聞かないように、二人の距離をわざと曖昧にしておくためだ。

けれど、栞はそれを口にしてしまった。

「……私たち、そんなんじゃないのにね」

「……だよな」

形にしたくなかった二人の関係は、大人のせいで形を与えられてしまったのだ。

○

世界の崩壊が始まったのは、その日だった——なんて言うと大袈裟だとは思う。だけど誇張抜きに、俺の世界が急速に色を失い始めたのはその日だった。

八月一五日。去年亡くなったおじいちゃんの初盆のため、俺は父さんと一緒に母さんの実家を訪れていた。父さんを初めて殴ったあの日以来、なるべく父さんとは顔を合わせないように毎日栞と遊びに行って、家でも自分の部屋に引き籠もってろくに会話もせずにいたのだけど、さすがにこれは無視できない。

母さんは一人っ子だから、集まる親戚はおじいちゃんとおばあちゃんの兄妹やその子供たちだ。あまり顔も覚えていないような親戚に囲まれながら、慣れない正座でお坊さんの長い念仏とよく分からない話を聞いた。

その後も、お決まりの「大きくなったね」というよく知らないおばさんの言葉に愛想笑いを返したり、お酒を飲んで絡んでくるよく知らないおじさんからトイレに行くふりで逃げたり……親戚がみんな帰って、俺と父さんと母さん、そしておばあちゃんの四人だけになったのはもう夜も更けた頃だった。

　みんなで片付けを済ませて、おばあちゃんは先に休んで、久しぶりに親子三人の時間。母さんの淹《い》れたお茶を三人ですすりながら、俺はなんとなく気まずい気分でいる。だけど母さんは昔と全く変わらない様子で父さんに話しかける。

「来てくれてありがとう。嫌だったんじゃない？」

「君は一人っ子だからな」

　父さんと母さんの会話は、いつもどこか噛み合ってないように聞こえる。俺なりに解釈すると、母さん側の親戚の集まりに離婚した父さんが来るのは嫌だったんじゃないか、という問いに対して、遠い親戚ばかりだから特に気にならない、という意味の返事を父さんがした、というところだと思う。父さんのこういう話し方のせいで母さんと少しずつずれていって、最終的には離婚してしまったわけだけど、久しぶりにそんな会話をした母さんは不思議と楽しそうに笑っていた。

「泊まっていくでしょ？」

「いや、俺は帰るよ。暦は泊まりたければ泊まっていいぞ」

「うん。そうする」

　ぶっきらぼうに答える。言われなくとも最初からそのつもりだった。今はまだ、父さんとはなるべく一緒にいたくない。

そんな僕の様子から何かを察したのか、母さんが困ったような顔で俺を見る。

「暦、お父さんと喧嘩でもしてるの？」

「別に」

「反抗期ってやつだろう。ちょうどそんな歳だ」

「そっか。暦ももう中学二年生だもんね。進学先とか考えてるの？」

「上野丘か舞鶴にしようと思ってる」

「まぁ立派。暦はお父さんに似て頭がいいもんね」

なんだろう。今までは全然そんなことなかったのに、父さんに似てると言われるだけで無性に腹が立ってくる。少し前までは父さんと同じ研究者になりたいとさえ思ってたのに。

「ところで」

不意に父さんが、居住まいを正して言った。

「今日は、二人に話がある」

「話？」

母さんが首をかしげる。それは俺も同じで、別に父さんからは何も聞いてない。俺だけでなく、母さんだけでもなく、二人に。いったい何の話だろう。

もしかして、と思う。

ほんの少しの期待だけど、もしかして……やり直そう、という話なのでは？

父さんと母さんの間には何も決定的な問題があったわけじゃない。事実、離婚した後もこうして仲良くやれている。僕と二人暮らしだった数年間、特別な不自由があったわけではないけど、母さんがいればと思ったことは何度もある。きっとそれは父さんも同じだったはずだ。

離婚の主な原因は、父さんと母さんの会話が噛み合わなかったからだ。研究職である父さんが、自分の特殊な知識を前提に母さんと話していたから。けどそれは、離婚して二人で暮らすようになってから、俺が分かりやすい話し方を求めるようにしたことでかなり改善されているはずだ。虚質科学という難しい学問の話を、水の中に浮かぶ泡にたとえて説明できる程度には。

おじいちゃんが死んで、母さんは今この広い家におばあちゃんと二人暮らしだ。再婚を考えているような話も聞かない。もしかしたら父さんは、もう一度家族みんなでやり直そうとしてるんじゃないだろうか――

父さんは俺を見て、母さんを見て、言った。

「実は、再婚を考えてる」

やった！　と、その瞬間はそう思った。

だけど、母さんの反応で、自分が思い違いをしていたことに気づく。

「そう。お相手は？」

……お相手は、って、母さんじゃないの？

じゃあ、いったい誰なんだろう？　俺に、母さん以外の母さんができる？

いきなり世界がひっくり返ったみたいで混乱する。

だから、父さんが次に言ったことも、どういうことかすぐには理解できなかった。

「研究所の、佐藤所長だ。お前も知ってると思うけど」

……佐藤所長？

「ああ……なんか、やっぱりって感じかな」

「向こうも数年前に離婚してて、今は暦と同い年の娘さんと二人暮らしだ」

俺と同い年の娘？

「じゃあ、暦にお姉さんか妹ができるのね」

「誕生日は確か、暦のほうが早いはずだ。だから妹になるな」

待て。勝手に話を進めるな。

「暦はその子と面識があるの？」

「ああ。毎日遊んでるほど仲がいいよな」

その子っていうのはつまり、俺が毎日一緒に遊んでる、あの。

「そう。じゃあ仲のいい兄妹になれるわね」

……栞の、ことか？

栞が、俺の妹になる？

確かに、友達以上の関係になりたいとは思ってた。兄妹なら確実に友達以上だろう。でも、違うんだ。そうじゃなくて――

思考が停止した俺を置いて、父さんと母さんは会話を続ける。

「それはもう、相手方とも話してるの？」

「ああ。今頃向こうも娘さんに話してると思う」

「暦に話したのは、これが初めて？」

「そうだな」

「じゃあ、まずは暦に聞いてみないと」

「ああ。暦、研究所の所長は分かるよな。栞ちゃんのお母さんだ」

「うん」

思考が停止したまま、反射的に答えを返す。

「あの人が、お前の新しいお母さんになっても、いいか？」

「それは、別にいいけど」

いいよ。所長がお母さんになるのは構わない。

でも、栞が妹になるのは。

「そうか。ありがとう。今すぐにってわけじゃないから、もう少し時間をかけて所長とも仲良くなってほしい。だからまた研究所に遊びに来てくれ」

「……うん」

何も考えずに返事をしたけど、いいんだろうか、これで？

「とりあえず、おめでとうって言わせてもらうわね」

「ありがとう。君もどうか、いい相手を見つけてほしい」

「ふふ。私がいくつだと思ってるの？　男の人みたいにはいかないわ」

「……そういうものか？」

「そういうものです」

「そんなことは、ないと思う。君はとても魅力的な女性だから……」

「本当にそうだったら、離婚なんてしないわ」

「それは、俺が」

「ストップ。あなたの悪いところ。相手を理解しないで自分のせいにするのはもうやめなさい。正しく相手のせいにできるようにならないと」

「……なんだか、君らしくない言い回しだ」

「ふふ。あなたと別れてから、いつか何か言ってやろうってずっと考えてたの」

「君はやっぱり、魅力的だよ」

「ありがとう。あなたがそこまで言うなら、もう少し頑張ってみるわ」
父さんと母さんは、なんとなく大人な会話を続けている。
その間ずっと、俺は栞のことを考えていた。
栞が妹になる。そうすれば、今までよりももっと一緒にいられる。それは嬉しい。
だけど、そうじゃないだろ？
俺は、栞と兄妹になりたかったわけじゃないだろ？
でも、そこでまた俺は考えてしまう。
じゃあ、栞はどうなんだろう？
父さんは、所長も今頃栞に話してるはずだと言った。
栞は今、何を思ってるんだろう……？

◯

父さんから再婚の話を告げられ、母さんの家に泊まった次の日。俺はそのまま家に帰る気になれずに、栞を呼び出した。
通っている中学校のすぐ近くにある公園で待ち合わせて、何事もなかったかのように今日はどこに行こうか、と話し始める。栞も親から再婚の話を聞いているはずだけど、表情を窺ってもいつも通りの笑顔にしか見えない。

「あのね暦くん、今日は行きたい所があるんだ」

珍しく、栞からそう言ってきた。大抵は俺が、友達や研究所の人から聞いたいろんな場所へ栞を連れていくのだけど。

「どこ？」

「田ノ浦ビーチ。行ったことある？」

「ああ、水族館の近くの？　昔、一回だけ行ったかな」

自転車なら三〇分といったところだろうか。国道沿いだから道は広いし起伏も少ないので、サイクリングがてら行くのにはちょうどいいかもしれない。しかもビーチと言えば夏にぴったりだろう。

「あそこに行きたいんだ」

「いいけど、だったら水着取りに帰らないと」

「ううん、泳がなくていいの。あそこでちょっと、話がしたいなって」

せっかくビーチに行くのに……と少し残念だったけど、女子と二人で泳ぎに行くというのも恥ずかしいかもしれない。結局、俺と栞はそのまま自転車に乗って移動を始めた。

海を眺めながら、国道一〇号線を自転車で三〇分ほど北上すると、右手に見えてくる海浜公園が田ノ浦ビーチだ。無料で入れるので子供だけで遊びに行くのもいい場所である。

駐車場に適当に自転車を止めて、俺と栞は遊歩道を歩き始めた。夏休みではあるけど、お盆も終わった平日なためか思ったほど人は多くない。それでも海水浴場ではたくさんの人が泳いでいて、それを見ていると俺も汗をかいた体をその中に飛び込ませたくなる。

それを我慢して歩いていると、砂浜の上に帆船の形をした複合遊具が見えてくる。中に入ることもできるそれは小さな子供たちの遊び場になっている。

「暦くん、あれ入ったことある？」

「一回だけな」

「中、どんな風になってるの？」

「うーん……小さい頃だったからよく覚えてないなぁ」

「そうなんだ……入ってみたいな……」

「入ってくれば？」

「あんな小さい子たちに混じれないよ」

そう言っている栞の目を見れば、できることなら入ってみたいと思っていることが丸分かりだ。でもこの年になって子供たちを押し分けて中へ入るのは気が引ける……って、なんだか前にも似たようなことがあった気がする。

田ノ浦ビーチの面白いところは、ビーチの真ん中から海へ向かって橋が架かっていて、その先に田ノ浦アイルという小さな人工島があるところだ。橋を渡って島を囲む道をぐるりと歩けば、水着姿のままで芝生に寝転ぶ人たちや、俺の知識ではヤシの木としか言いようのない樹木が目に入り、まるで南国の島に来たかのような気分を味わえる。でも海の向こうには工業地帯の影が見えてたり、反対側には猿で有名な山がすぐそこにそびえていたり……とにかく、色々と面白い場所だ。

ゆっくり歩いていた栞が足を止めて、海へと目を向ける。

「綺麗……」

人工島の北側から真っ直ぐに海を見ると、視界全部がまるで海と空に二分されたかのように真っ青に染まる。ずっと見ているとそのまま吸い込まれていきそうな気がするほどの青で、もしも柵がなければ無意識に一歩を踏み出してそのまま海に落ちてしまう人もいるかもしれない。

「座るか？」

島の北側にはベンチが並んでいる。ちょうどヤシの木陰になっているベンチが一つ空いていて、そこに座ろうかと栞を誘ってみたのだけど。

「ううん。あそこで話そう」

栞が指さした先には、芝生の上に建てられた屋根つきの休憩所がある。大きな入り口の上に小さな鐘のある、チャペルのような形をした休憩所。

俺はあえて、そこには触れないようにしていた。

俺が昔、父さんと母さんと一緒にここへ来た時、母さんがここで結婚式の真似事をしていたのをよく覚えている。まだ二人が離婚する前のことだ。再婚の件もあって、結婚を想像させるその場所にはできれば近づきたくなかった。

けど、今日は栞がここに来たいと言ったのだ。俺と同じように、親から再婚の話を聞かされたはずの栞が。

だったら、ここで話したいことがあるんだろう。

「うん。分かった」

素直に頷いて、栞と一緒にそのニセモノのチャペルへと入っていった。

チャペルに似ているとは言っても、そう見えるのは南側の入り口だけで、他の三方には壁すらない。そこに設置されている木製のベンチに座ると、それでも少しだけ、なんだか自分が教会にいるような気がしてくる。

隣に座る栞は、しばらくじっと黙ったままで何も言おうとしない。

どうしよう、俺から話し始めたほうがいいんだろうか……そう思い始めた時、栞はやっと小さく口を開いた。

「聞いた？」

「……聞いた」

何を、というのは言わずもがなだろう。

「だよな。確かに研究所ではよく一緒にいるのを見たけど、仕事だからだと思ってた」

「暦くんのお父さん、副所長さんだもんね」

「え、そうなの？」

「知らなかったの？」

「知らなかった……ちょっと偉いんだろうなとは思ってたけど」

「じゃあ、大学時代の同級生っていうのも知らない？」

「ああ、それは聞いたことがある。一緒に研究所を作ったって」

「お付き合い、してたのかな？」

「大学の時はもう、うちの母さんと付き合ってたはずだけど」

「え、そうなの？」

「うん。昨日の夜、母さんに聞いた。大学の時に知り合って、母さんから告白したって」

「じゃあ、暦くんのお母さんと私のお母さんも同級生なのかな？」

「俺の母さんは違う大学だったけど、父さんを通して知ってはいたらしいよ。二人とも凄く頭がよくて、いつも二人で難しい話をしてたんだって」

「……暦くんのお母さんは、再婚のこと、なんて言ってた？」

「なんか、やっぱり、って言ってた」

「びっくりしたね」

「そうなんだ……」

そこで栞は黙り込む。

父さんと、母さんと、所長。三人がどんな関係でどういう想いを持っているのか、詳しいことは分からない。聞かなかったし、これからも聞くつもりはない。それは俺たちが口を出すことじゃないと思う。

だから問題は、俺たちに直接影響のある部分のことだ。

「うちのお母さんが、暦くんのお母さんになるって……暦くんはどう思う？」

「それは別に、嫌じゃないよ。ちょっと変な人だとは思うけど、面白いし、色々教えてくれるし。あと、綺麗だし」

「えっと、ありがとう、でいいのかな」

「栞は？　俺の父さんが栞の父さんになるのは？」

「私も、嫌じゃない。暦くんとほとんどおんなじだよ。ちょっと変な人だとは思うけど、面白いし、色々教えてくれるし」

「そう考えると、俺の父さんと栞のお母さんって、似た者同士なんだな」

「そうだね。だから気が合うのかもね」

そこまで喋って再び沈黙する。違う。話したいのはそういうことでもなくて。

俺とお前が兄妹になること、どう思う？　聞きたいのはそれだ。きっと栞が聞きたいことも同じはずだ。きっとお互いに、自分がそれをどう思ってるのか、聞かれたらどう答えればいいのか、分かってない。

そして、聞いたら相手がどう答えるのか。

それが分からなくて……怖い。

「私は、ね」

情けないことに、先に勇気を出したのは栞だった。

男として、俺から切り出すべきだったのかもしれない。なのに俺は何も言えずに、ただ栞の言葉を待ってしまう。

「私は、なんとなく……」

栞の横顔を見つめる。ほとんど無表情で、細めた目を海に向けている。

その、頬が。

黒い髪がなでる、栞の白い頬が。

「……いつか、暦くんと結婚するんだって、思ってた」

言葉と同時に、栞の頬が一瞬で真っ赤に染まった。

対照的に、俺の頭は真っ白になった。

栞は寄せた膝の間に手を挟み込んで、体を丸めて縮こまっている。上気した頬が汗ばんでいるのは、暑気のせいだけではないはずだ。

「でも……兄妹になっちゃったら、結婚、できないよね……」

今まで抱えていたたくさんの不安。俺が栞を想うように、栞は俺を想ってくれているのか。そんなのすべて俺の都合のいい妄想で、栞は俺のことを友達だとしか思ってないんじゃないのか。親の再婚で兄妹になることも、別になんとも思ってないんじゃないのか——

そんな、全部の不安が今、一気に吹き飛んだ。

「栞！」

俺は栞の肩を摑んで、強引に俺のほうへ顔を向けさせた。

「え……え？」

まだ頰を赤く染めたままの栞が、少し涙の滲んだ目を泳がせながらも俺を見つめ返す。

俺は何も考えず、頭に浮かんだ言葉をそのまま栞にぶつけた。

「逃げよう。二人で」

○

一夏の逃避行——なんて、そんなものにもなりはしなかった。
翌日、俺と栞は勢いに任せて最低限の荷物だけを持って家を出て、二度と帰らないつもりで自転車を走らせた。

「どこに行こうか？」

「うーん……どこでもいいよ。暦くんと一緒なら、どこでも」

そんなマンガみたいなやり取りが妙に楽しくて、嬉しい。とにかく昼間はやたらとテンションが上がって、何も考えずに遊び歩いた。

一番楽しかったのは、大きなデパートのインテリア売り場に行って、もし二人で新しい家に住むならどんな家具がほしいかを話し合っていた時だ。その時の俺は本当に栞と二人で暮らす未来を夢想していた。きっとそれは、薄々感づいてはいるこの駆け落ちの結末から目をそらすための現実逃避だった。

日が傾いてきた頃から、その日の夜をどこで過ごすかを考え始める。安全性を考えてコンビニや交番が近くにある公園を探し、屋根のある場所にレジャーシートを敷いて簡易の宿とした。ところが。

「こんばんは。君たち、ちょっといいかな？」

声をかけてきたのは、お巡りさんだった。

「君たち、この近くの子？　お父さんかお母さんは一緒？」

「いえ……あの、二人で遊びに来てて」

「そうか。もうすぐ暗くなるから、早く帰らないと駄目だよ？」

「はい、分かりました……栞、行こう」

「あ、うん」

俺たちはレジャーシートを畳んで荷物を持ち、自転車に乗って公園を立ち去った。暗くなり始めてから中学生の男女が二人で公園にいると、ことごとくお巡りさんに声をかけられるのだ。そのたびに、もう帰りますと言って自転車に乗って、俺たちはだんだん町中から離れていった。

最終的に俺たちがその日の宿に選んだのは、駅から四キロも離れた所にある防空壕跡だった。ここなら絶対に人が来ないし、屋根も壁もあるから一応安心だ。別の意味で怖いというのは少しあったけど、栞と一緒なら大丈夫のような気がした。

大丈夫じゃないのは、もっと他のことだ。

真っ暗な防空壕の中、レジャーシートの上に二人並んで座り、お互いに一枚ずつ持ってきた薄手のタオルケットを被る。防空壕の中は外と比べるとひんやりとしていて、ちょうど過ごしやすいくらいの気温だ。

電池式のランタンも持ってきていたけど、これは使えなかった。灯りをつけると虫が寄ってくるのだ。だから俺と栞は本当に真っ暗な中、手を繋いでこれからのことを話す。

「……無理だな、これ」

「うん……無理だね」

俺たちは、すっかり冷静になってしまっていた。

「お金は全部持ってきたけど、ネットカフェとかに泊まってたらすぐになくなる。だからっていつまでもこんな風には暮らせないもんな……ご飯も買わないといけないし……というか正直、一晩でもきつい」

「うん……お風呂も入りたいし、着替えも……」

そんな簡単なことが、俺も栞も分かっていなかったわけじゃないだろう。あえて分かっていないふりをしていただけだ。少しだけでも、現実から逃げたくて。

「明日になったら、電車に乗って遠くに行ってみる？　それで、住み込みのバイトを探してみるとか」

「それもいいけど、廃線を探してみないか？　それで、もう使われてない電車の車両があったら、そこを改造して家にするんだ」

「あ、それいいね！　マンガみたいで……」

夢に希望を見た笑顔は一瞬で曇ってしまう。

「……廃車両の家とか、中学生で住み込みのバイトとか……現実的には無理だよな」

「せめて高校生だったらなあ……」

「あと二年待って、高校生になったらまた逃げるか」

「でも、その時はもう兄妹になってるよ。そしたら……」

兄妹になってしまえば、もう結ばれない。

だから、逃げるなら今しかないんだ。

でも、現実的には、中学生が二人で駆け落ちなんて無理だ。

「……お母さんが、離婚してなければよかったのに」

ぽつりと、栞が呟いた。

「お母さんが離婚してなければ、暦くんのお父さんと再婚しないから、私と暦くんが兄妹になることもなかったのに」

「それを言うならこっちも同じだよ。俺の父さんが離婚してなければよかったんだ」

そんな、言ってもどうしようもないことしか言えなくなる。もう前向きな考えが出てこない。俺たちはこのまま、大人しく家に帰って、親同士の再婚を喜んで、兄妹として仲良く生きていくしかないのだろうか。

「もし、私のお母さんが――」

何かを言おうとして、栞が急に言葉を止めた。

鼓膜を震わせる静寂の中には、栞の吐息すら混じってないように聞こえる。息を止めているのだろうか？　急にどうしたんだろう？

まさか、こんな所にまで警官が来たのだろうか。それとも野良犬か何かか？　どっちにしてもただ事ではなさそうだ。俺は繋いでいた栞の手を強く握り、いつでも立ち上がれるように体勢を変えながら小さく囁きかける。

「栞、どうした？」

「……ある」

栞の手が、さらに強く俺の手を握り返してくる。

「ある？　何が？」

「逃げ場所。私たちの」

唐突に告げられたのは、全く予想外の言葉だった。

俺たちの逃げ場所？　俺と栞が兄妹にならずに、男女として結ばれるような逃げ場所が、どこかにあるというのか？

「逃げ場所って……どこに？」

暗闇に慣れてきた目は、少し前から栞の輪郭を捉えていた。その顔が勢いよく近づいてきて、体温を感じるくらいに迫ってくる。暗くてよかった。もし明るかったらとても平静ではいられなかっただろう。

そして俺は、栞の吐息と共に、その言葉を聞いた。

「並行世界」

「……え？」

「並行世界だよ。暦くんは前、ユノが死んでない世界に行ったんでしょ？　だったらきっと、どこかに私たちの親が離婚してない世界がある。二人で一緒にその世界に逃げれば、そこでなら私たち、兄妹にならなくていい！」

栞のその言葉が、俺の脳内に意味を伴って染み込んでくる。

目から鱗が落ちるというのは、こういうことかと思った。

「それだ……それだよ栞！　何で思いつかなかったんだろう！」

「でしょ⁉　暦くんは一回成功してるんだから、きっとまた成功するよ！」

俺の父さんと栞のお母さんが再婚しない並行世界へ二人で行って、そこで普通の男女として結ばれる。これ以上ない、完璧な解決方法だと思えた。

「そっか。じゃあ、また研究室に行かないとな。あの機械、今どうなってるんだろう？」

「お母さんはまだ完成してないって言ってたけど……でも、えっと……四年くらい前だよね、暦くんがあの機械で並行世界に行ったの」

もう懐かしいような気さえする話だ。あれが俺と栞の奇妙な出会いだった。

「うん。あの時も、まだ完成してないし電源も入ってないって言ってた。でも、俺は確かにユノが生きてる並行世界に行ったんだ」

「もしかしたら、お母さんが気づいてないだけでとっくに完成してるのかも……」

「それか、子供にしか使えないとかかもしれないぞ？　マンガとかでよくあるじゃんそういうの」

ついさっき、マンガみたいなことは現実にはあり得ないと言っていたことなどもう綺麗さっぱり忘れていた。

「え……それだと、私たちまだ大丈夫かな？」

「いや、適当に言っただけだから本当にそうか分からないけど……でもまぁ、大人か子供かっていったら、俺たちはまだ子供だろ」

「うん……そうだよね。子供だから、こんなに困ってるんだもんね」

そうだ。俺たちが大人だったら、きっとこんなことにはならなかった。親の手を離れて二人で生きていくことだってできたはずだ。

「やるなら早くしたほうがいいのかもな」

何気なく言った俺のその言葉を待っていたかのように、栞が顔を上げる。

「……今から、行く？」

「今から？」

「うん。研究所って夜遅くまで開いてることも結構あるでしょ。今……まだ八時だから、きっと開いてるよ。夜は人も少ないし、忍び込むチャンスかも」

勢い込んで栞は言う。俺はなんとなく四年前の栞との出会いを思い出した。あの時も、栞は強引に俺の手を引っ張ったんだった。

「そっか……うん、そうだな！　よし、行こう！」

そして俺と栞は急いで帰り支度を済ませ、研究所に向かって自転車を飛ばした。

画期的だと思える方法を思いついた興奮で、俺たちはまた細かいことを考えずに勢いだけで突っ走る。その考えが正しい保証なんてどこにもないのに。

だけど、都合のいい仮説ばかりを重ねた上にかろうじてぐらぐらと乗っかっている、その並行世界という名の逃げ場所だけが、今の俺たちの希望だった。

並行世界へ。

俺と栞が、幸せになれる世界へ——

○

栞の目論み通り、研究所にはまだ灯りがついていた。

慣れた様子で裏口を開け、ごちゃごちゃした建物の中を迷う様子もなくスムーズに歩いて行く栞。俺も何とかその後をついていく。研究所内の間取りに関しては、俺よりも栞のほうがずっと詳しい。

研究所内にはあまり人の気配がしない。残っている所員はほんの数人のはずだ。それを幸いと俺と栞は身を隠しながらも大胆に進んでいき、やがて見覚えのある扉の前に出た。

栞がその扉のノブに手をかけて、ゆっくりと回す。しかし、かち、と小さく音がして、ノブは回らずに止まってしまう。

「……鍵、かかってるな」

当たり前のことだ。四年前に忍び込んだ時は開いてたけど、それ以来きちんと鍵をかけるようになったのかもしれない。さて困った。これじゃあ中に入れないじゃないか。

「大丈夫」

だが栞はそう言うと、財布から一本の鍵を取り出した。

「……それ、もしかして」

「この扉の合い鍵。こっそり持ち出して作っておいたの」

悪びれもせずに言いながら、鍵を開ける。栞は基本的には悪いことなんてしない大人しい性格なのだけど、自分の興味のあることに対しては大胆な行動に出ることもある。今回はそれが幸いした。

部屋の中に入り、鍵を閉める。ばれないように電気はつけず、携帯端末のライトで足元を照らしながら進む。

そして、目的の箱まで辿り着いた。

「……久しぶりだな」

四年前、この箱に入って並行世界へ行って以来だ。まさかまたこの箱に入ることになるなんて思ってもみなかった。

「やっぱり電源とか入ってないみたいだけど、大丈夫かな」

「暦くんは四年前、それでも行けたんでしょ？　とりあえず入ってみようよ」

「うん」

ガラスの蓋を開ける。箱の中は狭く、基本的に一人用に見える。

「どっちが入る？」

「え、一緒に入るんじゃないの？　別々の並行世界に行っちゃったら意味ないよ」

少し考えてあえて言わなかったことを、栞はあっさりと口にした。いいのか？　こんな狭い箱の中に、二人で？

「でもこれ、一人用だろ？」

「えっとね、こう……こうすれば、二人で入れるよ」

先に箱の中に入った栞は、左肩を下に、右肩を上にする形で箱の左側へと横たわった。なるほど確かに、これなら俺も同じようにして右側に入れば二人で入れる。

でも……本当にいいのか？　いいんだな？

「じゃあ、入るぞ」

若干の下心を持ちながらも、栞の体に触れないように、なるべく右の端に体を押しつけながら箱の中に入る。しかしそんなことをしてもこの狭さでは大した意味はなくて、俺と栞はほぼ密着状態で向き合うことになった。

「……え」

箱の中を照らしている携帯のライトで、栞の顔が赤くなっているのが分かる。

「な、なんだよ……お前が入れって言ったんだろ？」

責任転嫁するように俺は言う。たぶん俺の顔も赤くなってるんだろう。けど、栞が続けた言葉で、俺の顔面にはさらに血が上ることになった。

「う、うん。でも、あの……向こう側を向いて入るかなって、思って」

……そうか。こういう場合、普通は向き合って入ったりしないか。

「ごっ、ごめん！　一回出るから！」

「あっ」

慌てて身を起こして箱を出ようとした俺の腕を、栞が掴んだ。

「いいよ。このままで」

「え、でも」

「いいから」

「……うん」

言われるままに箱の中に戻り、再び密着するほどの距離で栞と向かい合う。

栞の体温や髪の匂い、吐息すら肌に届くこの距離では、さっきからやたらとうるさい心臓の音さえも聞こえてしまいそうだ。

「ど……どうする？」

声が上ずってしまう。情けない。

「えっと……暦くんが並行世界に行った時は、どうしてたの？」

「お前に言われた通り、念じてた。ユノが生きてる世界に行きたいって」

最初は遊び半分だったけど、途中からだんだん本気になっていった。もちろん本当にそれが並行世界に行けた理由なのかどうかなんて分からないけど。

「じゃあ、私たちもそうしよう。一緒に、お母さんたちが離婚してない並行世界に行きたいって念じよう」

「それだけで大丈夫かな。あの時はお前が外で機械をがちゃがちゃいじってただろ。適当だって言ってたけど、偶然何か当たりのスイッチとかを押してたのかもしれない」

「でも、あの時もお母さんが電源は入ってないって言ってたよね？　だったらきっと外の機械は関係ないよ」

「そっか……うん、そうかもな」

都合のいい推測だけを信じて、俺と栞は逃げ場を求める。

「じゃあ、蓋、閉めるぞ」

「うん」

蓋を閉めると、より一層栞の存在が濃くなったように感じる。

そして俺たちは目を閉じて、念じ始めた。

並行世界へ。

俺の両親と栞の両親が、離婚しなかった世界へ。

俺と栞が、兄妹にならずに済む世界へ。

二人の未来を手に入れられる、並行世界へ。

不意に、栞が俺の背中に手を回して、体を寄せてきた。

びっくりしたけど、俺も栞の背中に手を回して、その細い体を抱きしめる。

「暦くん……」

不安そうな栞の声に、俺は精一杯強い返事を返す。

「大丈夫。俺たちは並行世界に行ける」

「うん。向こうの世界で会おうね。それで、私をお嫁さんにしてね」

「うん。約束する。向こうの世界で結婚しよう」

お互いの腕に、ぎゅっと力を入れ――

◯

――蛍光灯の光に、目がちかちかした。

一瞬前まで真っ暗な箱の中にいたのに、今は明るい場所にいる。痛いほどの光量に一度目を閉じてから、ゆっくりと目を開いて自分がどこにいるのかを確認する。

……間違いない。俺の部屋だ。けどよく見ると、買った覚えのないマンガが本棚にあったりして、どうやらどこかの並行世界には移動したようだ。

まずは成功。なら次に確かめるべきは、この世界の父さんは離婚しているのかどうか。

この部屋は、もともと父さんと母さんと三人で暮らしていた家にある俺の部屋だ。離婚してからは父さんと二人暮らしだから、もしこの家のどこかに母さんがいるなら、離婚しなかった世界のはずだ。

時計を見る。夜九時少し過ぎ。母さんがいればまだ起きている時間だ。
二、三回深呼吸をして、俺はそっと部屋のドアを開ける。
リビングのほうから、小さくテレビの音が聞こえる。父さんが帰っているのだろうか。

それとも。

なぜか足音を殺しながら、そっとリビングに近づいてドアノブに手をかける。

音を立てないようにゆっくりとノブを回し、少しずつ、少しずつドアを開ける。

そこで、ソファに座ってくつろぎながら、テレビを見ていたのは。

「母さん！」

「うわびっくりした⁉　何よ音も立てないで！　おどかさないでよ！」

飛び上がるようにして振り向いたのは、間違いない。

本来、俺の世界だったらもうここにはいないはずの、母さんだった。

「母さん、あの……なんで、ここにいるの？」

「え？　なんでって、テレビ見てちゃいけないの？」

「あ、いや、違うんだ。いいんだけど……その、父さんは？」

「お父さんはまだ研究所よ。今日も遅くなるんじゃない？」

当たり前のように交わされる会話。当たり前のようにそこにいる母さん。もう間違いない。この世界は、きっと。

「あの、母さん。変なこと聞いていい？」

「変なこと？　なに？」

「えっと……父さんと、離婚、してないよね？」

ああ、馬鹿か俺は。もうちょっと上手い聞き方があっただろう。母さんはぽかんと口を開けて、何を言ってるんだという表情をしている。当たり前だ。もし離婚してないならこんな質問は意味不明でしかない。

だけど母さんは、なぜか急に優しそうな顔になって。

「あの時はごめんね。でも、もう大丈夫。お母さんたち、離婚したりしないわ」

やった。やった！　この世界は、父さんと母さんが離婚しなかった世界だ！　母さんの言い方からすると、一度は離婚を考えたのかもしれない。けど、この世界では何かが上手くいって、結局離婚はしなかったんだ！

離婚してないということは、父さんは再婚しない。だから、俺と栞も——

「……そうだ。栞」

思い出した。栞もちゃんとこの世界に来ているだろうか？

携帯端末を確認するが、そこに栞の連絡先はない。もしかして、この世界では栞とは知り合ってないいんだろうか？　けど、それも今日までだ。俺と一緒に栞もこの世界に来ていれば、俺と栞は……えっと、まぁ、すぐに結婚ってわけにもいかないけど。

ああどうしよう、今すぐ栞に会いたい。栞は今どこにいるんだろう？　しまった、上手く並行世界に来られた場合の待ち合わせ場所を決めておくんだった。なんとなく同じ場所に出るような気がしてたけど、そう言えば並行世界に移動する時は、その世界の自分と入れ替わりになるんだった。

でもそうだとしたら、さっきまで俺たちがいた研究所に行けばいいんじゃないか？　栞も同じことを考えて研究所に来るかもしれない。もし来なかったとしても、父さんに頼んで所長経由で栞に連絡を取ってもらえばいい。

よし、研究所に行こう。父さんを迎えに行くって言えばいいだろう。

「暦、どうしたの？」

ほったらかしにしていた母さんが、少し心配そうな顔で僕を見ていた。そうか、母さんから見ればかなり意味不明な言動をしてたかもしれない。でもごめん母さん、俺は今それどころじゃないんだ。

「あのさ母さん、俺、父さんを迎えに行ってくる！」

「え？　ちょっと暦、本当にどうしたの？」

戸惑う母さんを無視して玄関へ向かう。本当にごめん、今は一刻も早く栞に会いたいんだ。帰ったらちゃんと説明するから。

靴箱から、たぶん俺のものであろう靴を取りだして履く。サイズもぴったりだし、履きつぶしのクセも俺とおんなじだ。ここには間違いなく俺がいた。でも、今日からここは俺の世界だ。

そして俺は、俺と栞の未来へと続く扉を押し開けて――

○

――暗闇にいた。

「……え？」

唐突に闇の中に放り込まれて、眼球にべっとりと黒い膜を張られたみたいな圧力を感じた。もちろんそれは気のせいで、時間が経つにつれてだんだん闇に目が慣れてきて、状況も把握できてくる。

俺は狭苦しい箱の中で横になっている。腕は何か柔らかいものを抱いていて、温かい体温と、ついさっき嗅いだ髪の匂いを感じる。

栞だ。いつの間にか俺は、暗闇の中、栞を抱きしめていた。

まさか、元の世界に戻ってきてしまったのか？

なんで。どうして。せっかく上手くいってたのに！

栞も戻ってきてしまったのか？　それ以前に、栞はちゃんと並行世界に跳べたのか？

「栞、どうなったか、分かるか？」

腕の中の栞に問いかける。だが、答えは返ってこない。

「栞？　どうした？」

再度声をかける。返事はない。ただ腕の中に体温と重さを感じるだけ。眠ってるんだろうか？　それとも、並行世界に行っているんだろうか。いや、それなら代わりに並行世界の栞がここにいるはずだ。

「おい栞。起きろよ。栞？」

左手で栞の頬をつねってみる。反応はない。

その時、俺はそれに気づいた。

この狭い空間で密着していると、たくさんの要素から栞の存在を感じることができる。

温かい体温。甘い匂い。そして――吐息。

唇が触れ合いそうなほど、近くにいるのに。

栞の吐息を、感じない。

「……栞？」

「栞？　栞⁉」

栞の口元に手を当て、手のひらに意識を集中する。だけどやっぱり、栞の呼吸を感じることができない。息が止まってる？　なんで⁉

「栞！　くそっ、こんな狭いとこじゃ……」

俺は箱の蓋を押し開けようとした。けれどいくら押しても開かない。忘れていた。この箱の蓋は中からは開かないのだった。どうする？　大声を出して助けを呼ぶか？　そんなことをしたら忍び込んだことがばれて……いや、今はそれどころじゃない！

「誰か！　誰かいませんか！　助けてください！」

俺はあらん限りの大声を張り上げて、同時にどんどんと蓋を叩いた。研究所にはまだ誰かいるはずだ。その誰かに気づいてもらえるように。

しばらく騒ぎ続けていると、急に部屋の中の電気がついた。誰かが気づいて来てくれたんだ！　俺はさらに声を上げる。

「ここです！　開けてください！」

「暦!? お前、何してるんだ！」

蓋の向こうに見えた顔は、幸か不幸か父さんだった。

「あ、うちのもいる。まーたあんたたちは……」

隣から所長も顔を出す。できたらこの二人には知られたくなかったけど、今はそんなことを言っていられない。

蓋を開けてもらって、俺は急いで中から出る。

「勝手に入るなって言ったでしょ？ この機械は、」

「栞が！ 栞が息をしてないんだ！」

所長の言葉を遮《さえぎ》って、それだけを叫んだ。

俺の言葉を聞いた所長と父さんは顔を見合わせて、何も聞かずに箱の中から栞を抱え出した。普通だったらまずは質問攻めにされるだろうけど、それどころじゃないほど栞の様子がおかしいのが二人にもすぐに分かったのだろう。

数秒間、栞の様子を見ていた所長は、自分の携帯でどこかへ連絡を取る。

「私。わけありの急病人。研究所まで急いで一台よこして」

短くそれだけ言って電話を切り、所長は栞への人工呼吸を始めた。それに合わせて父さんが心臓マッサージを始める。

俺は、いったい何が起こったのか理解できなくて。

父さんと所長が、栞の命をこの世につなぎ止めようとしているのだということもよく分からず、その様子をただ呆然と眺めていた。

◯

駆けつけた車で栞は最寄りの大学病院に運ばれ、所長はもちろん、俺と父さんもついていった。そしてお医者さんが栞を検査する間、当然ながら俺は父さんと所長に詳しく事情を聞かれることになった。

「暦、何があったんだ。説明しろ」

怒ったような様子もなく、父さんはあくまでも冷静に聞いてくる。所長は、少なくとも表面上はいつもと変わらないように見える。

「……並行世界に、逃げようと思ったんだ」

「逃げる？　どうして？」

「父さんと、所長さんが、再婚するから」

正直に打ち明けると、父さんと所長は顔を見合わせて目を丸くした。

「もしかして、再婚に反対だったのか？　お前、所長がお母さんになるの、嫌じゃないって言ってたじゃないか」

「嫌じゃないよ。所長さんが嫌なんじゃなくて……栞が妹になるのが、嫌だったんだ」

「どうしてだ？　お前と栞ちゃんは、とても仲がいいと思ってたが」

「だからだよ」

父さんも所長も、俺が何を言いたいのか分からないらしい。言いにくいことを俺は言葉にしなければならなかった。

「兄妹になったら、俺と栞は結婚できないでしょ？」

そこまで言って、やっと父さんは理解してくれたみたいだった。

「お前たち、やっぱり好き合ってたのか。一応確認はしたつもりなんだが、否定されたからてっきり……」

俺が父さんを殴った時のことだろう。もしもあの時、素直にそうだと言えていたら、何か変わっていたんだろうか。

「……私たちは駄目だな、日高くん。そんなんじゃないって言われたら、ああそんなんじゃないんだって、そうとしか思えない。子供たちの本当の気持ちにも気づけない……やっぱり私たちは、駄目だな」

所長は同じ言葉を二度繰り返して、弱々しく頭を振る。どうしてか、少し俺が悪いことをしてしまったような気分になる。

「でもな暦、お前は一つ勘違いしてる。兄妹になったって、結婚はできるんだぞ？」

「親同士が再婚しても、その子供同士に血の繋がりがなければ結婚できるんだ。もちろんお前と栞ちゃんに血の繋がりはない。だから、俺と所長が再婚したからって、逃げたりする必要はなかったんだよ」

……なんだ、それ。

知らなかった。兄妹は絶対に結婚できないんだと思い込んでいた。もしそれを最初から知ってたら、こんなことにはならなかっただろう。

「じゃあ……俺たちの、やったことって……」

「……知らなかったものは仕方がない。お前たちの気持ちを分かってやれなかった俺たちにも責任がある……だから暦、全部話せ。何があったんだ？」

俺はもう、何も隠す気はなかった。子供だけで判断したって上手くいかないんだということを、痛いほどに思い知った。だったら正直に全部話して、大人に助けてもらったほうがいいに決まってる。

「……俺と栞が兄妹にならないためには、父さんたちが再婚しなければいい。だったら、父さんたちが最初から離婚しなければ再婚することもないから、そんな並行世界に行こうと思ったんだ。それで、二人一緒に箱に入って、並行世界に行った」

父さんと所長が再び顔を見合わせる。今度は眉をひそめて。

「行ったって、どうやって？ あの箱は完成してないし、電源も入ってないんだぞ？」

「それは分からないよ。でも、俺と栞は、父さんたちが離婚してない世界に行きたいって念じたんだ。そうしたら行けた」

「念じたら、行けた？ 並行世界へか？」

「うん。俺は前にも一度、そうやって並行世界に跳んだことがある」

「……何年か前に、栞が箱に入ってた時？」

「正確にはその少し前なんだけど……とにかく、その時と同じようにしたら、少なくとも俺はまた跳べたんだ。父さんと母さんが離婚してない並行世界に行って、栞も同じ世界のどこかに来てるはずだから探そうとして……急に、こっちの世界に戻された。それで隣を見たら……栞が、息をしてなかった……」

「栞ちゃんがどうしてそうなったかは」

「分からない……本当に、分からないんだ……」

全部正直に話した。俺に分かるのはここまでだった。

俺が並行世界で何をして、俺に何が起きたのかは分かる、けど、栞が並行世界で何をして、栞に何が起きたのかは全然分からなかった。

父さんも所長も、俺を怒らなかった。俺はそれが逆に辛かった。怒って、殴って、そしてどうすればいいのか教えてほしかった。

次の日、栞は福岡の九州大学病院に移された。そこだと所長の顔が色々と利くらしい。所長は研究所を父さんに任せて福岡へ行った。しばらく栞につきっきりで様子を見るという。俺も行きたいと言ったけど駄目だと言われた。経過は必ず教えるから、今は家で大人しくしておけと。もちろん逆らえるはずがない。

その言葉通り、所長はすぐに経過を教えてくれた。

その日の夜、父さんを介して俺に伝えられた栞の状態は。

脳死状態、だった。

その時の俺は、脳死という状態について正しい知識など何も持っていなかった。ただ、脳が死ぬというその言葉からは十分に絶望を感じることができた。

脳死状態になった人は、基本的にもう二度と目を覚ますことはない、と聞いた。

その日、俺の世界は色を失った。

栞という鮮やかな色は、あまりにも唐突に俺の世界から失われたのだ。

○

それから俺は、抜け殻のようになって日々を過ごしていた。

何も考えたくない。何を考えればいいのか分からない。だけど家で一人ぼけっとしているのも辛くて、ふらふらと外へ出る。

特に目的地があるわけではない。だけどじっとしていたくない。

なんとなく駅のほうへと歩いているうちに、俺の足は自然と、夏休みの間に栞と行こうと思っていてまだ行ってないスポットへと向きを変えていた。

そこへ行く途中には、大きな交差点がある。

駅から北へ延びる中央通りは、一〇分ほど歩いたところで東西へ延びる昭和通りと交差する。そこがこの町で最も大きな交差点、昭和通り交差点だ。四つ角の南西側にはささやかな緑が植えられていて、そこに『レオタードの女』というタイトルの銅像がある。

その横断歩道で、俺は信号が青になるのを待っていた。

ふと、考える。

青になるのなんて、待たなくてもいいのかもしれない。

信号が赤のうちに、目の前を走る車に向かって、足を踏み出せばいいんじゃないのか？

そうすれば、栞のいるところに行けるんじゃないのか？

栞の心臓は動いているらしい。正確に言うと医学の力で動かしているのだとか。だから
まだ死んだとは言い切れない。

けど、目覚める可能性はほぼ0％だと言われた。

だったら、そんなのもう、死んでるのと同じじゃないか。

つまり、この世界にはもう、栞はいないってことで。

そして栞がそうなってしまったのは、俺にも責任があって——

赤信号の横断歩道へ、足を一歩、踏み出してみる。

大きなクラクションが鳴り、思わず足を戻してしまう。

駄目だ。こんなになっても俺は、死ぬ勇気すらない。

しばらくすると、目の前を横切る車が途切れる。昭和通り側の信号が赤になったのだ。

信号は、片方が赤になったからといってもう片方がすぐ青になるわけではない。事故防止のため、交差点には必ずすべての信号が赤になる時間が存在する。

その、交差点内に誰もいないはずのわずかな時間。

誰もいないはずの横断歩道の上で、空間が、ぶれているような気がした。

いや、気のせいじゃない。誰もいない横断歩道の上に、何かが——誰かがいる。

そして俺は、確かに見た。

空気の中に浮かび上がるようにして現れたのは、白いワンピースを着た、長い黒髪の、俺と同い年くらいの少女。

俺が、よく知っている、女の子。

「……栞……？」

俺の呼びかけに、半透明の少女は伏せていた顔を上げて。

『暦くん』

頭の中に直接響くような、でも、俺のよく知っている声で。

『ごめんね……私、幽霊になっちゃった……』

そう、言った。

幕間

私は、交差点に立っていた。

暗闇に慣れていた目に突然町の光が飛び込んできて、目がちかちかした。

お互いの息を吐く音が聞こえるほどの静寂にいたのに、いきなり車のエンジン音や雑踏が鼓膜を震わせたので耳も痛かった。

思わず体をすくませて耳を塞ぎ、数秒。ゆっくりと顔を上げる。

私は、交差点に立っていた。

大きな交差点だ。よく見知っている。この町で一番大きな、昭和通り交差点。

私は何でこんな所にいるんだろう？　何か、もっと別の所で、別のことをしてなかったっけ？　もっと暗くて、狭い所で……？

状況が呑み込めずに、あらためてあたりを見回す。

横断歩道を見ると、二、三人の人間が走って渡り終えるところだった。

さらにその先へ目を向けると、立ち止まってこちらを振り向く二つの人影。並んで寄り添っているその二人の、片方は私のお母さんだ。

そして、もう一人は。

「お父さん！」

私は思わず大声を出してしまった。

ひどい喧嘩をして離婚して以来、一度も会っていないはずのお父さんとお母さんが、仲良く並んで私のほうを振り返っていた。そんなことはあり得ない。私の世界では。

そして私は思い出す。

自分が、そんなことがあり得る並行世界へ跳ぼうとしていたことを。

成功した。

本当に、両親が離婚していない世界へ跳んで来れたんだ！

横断歩道を挟んで向かい合う。なんでこんなに距離が離れてるんだろう？　一緒に歩いてたんじゃないんだろうか？　ああそうか、並行世界へ跳んだ時、あまりにも急に世界が切り替わったことに動揺して、しばらくここでぼうっとしてしまったんだ。私と一緒に歩いてたお母さんたちはそれに気づかないで先に横断歩道を渡ってしまって、今気づいて振り返ってくれたんだ。

お母さんが心配そうな目で私を見ている。その隣でお父さんが同じ顔をしているのがものすごく嬉しい。この世界では、本当にお父さんとお母さんは離婚してないんだ。

つまり、この世界なら、私と暦くんが結婚できるっていうこと。

嬉しくなって、早く追いつこうと横断歩道の上を駆けだした。

お母さんとお父さんが、表情を変えてこっちに手を振る。

私の耳は、まだ上手く音を拾えていない。拾った音を脳が上手く認識していない。

私の目は、まだ町の光に上手く慣れていない。両親が並んでいる姿に目が眩《くら》んでいる。

横断歩道の信号の赤や、耳をつんざくクラクションの音に、気づいた時にはもう手遅れだった。

すごいスピードで、車が迫ってくる。

それを認識できたのは、たぶん一秒にも満たない時間だった。そのほんの一瞬で、私は自分がどうなってしまうのかを考えた。

このままじゃはねられる！　死んでしまう？　逃げないと！　でももう間に合わない！

どうしよう？　どうすればいい!?

その時、脳裏に暦くんの顔が浮かんだ。

そうだ！

並行世界だ！　並行世界に逃げればいい！　はねられてしまう前に並行世界に逃げてしまえばいいんだ！

お願い、跳んで。跳べ——

○

——目が覚めた時。

私は、交差点に立っていた。

助かったのか、と安心したのも束の間、再び車が走ってくる。

ああ、今度こそもう駄目だ。

私はその場にしゃがみ込んで頭を抱え、きつく目を閉じる。

だけど、いくら待っても衝撃が襲ってこない。なのに車の音だけは次々と私がいる場所を通り過ぎていく。いったいどうなったんだろう？

おそるおそる、目を開けてみる。

すると再び、目の前に車のバンパー。再びしゃがみ込んで目を閉じる。だが、やはり衝撃はやってこない。

そうしてしばらく目を閉じていると、やがて車の音がしなくなり、聞き覚えのあるメロディーが聞こえてきた。横断歩道の信号が青になった時に鳴る音だ。

今度は雑踏が横を通り過ぎていく。私は立ち上がり、ゆっくりと目を開いた。

青になった横断歩道の上を、人々が歩いて行く。

車は赤信号で止まっている。体は痛くもなんともない。

状況が上手く理解できない。もしかして走っていた車は、みんな上手く私を避けてくれたのだろうか？　まさか？

そんなことを考えていると、真正面から数人の集団が歩いてくる。半ば無意識に、避けなくちゃ、と足を動かそうとする。

その足が、地面を踏む感覚がなかった。

違和感を覚えた次の瞬間、歩いてくる集団の一人と真正面からぶつかりそうになる。

そして、相手は私の体をすり抜けて、何事もなかったかのように歩いていった。

「……え？」

呆然と立ち尽くす私に、次々と人がぶつかってくる——いや、正確に言うと、ぶつかる人は一人もいない。

横断歩道を渡る人たちは、私に重なって、私をすり抜けて、向こう側へ歩いていく。

まるで、私なんてこの場に存在しないかのように。

怖くなって、自分の手を見る。

「え……」

私の手は——いや、手だけじゃない。

手も、足も、体も。

私の体はほとんど透明になっていて、人も、音も、光もすり抜けていた。

こうして私は、交差点の幽霊になった。

第三章　少年期、二

「虚質素子核分裂症」

ホワイトボードに書いた文字列を音読し、所長は拳でかつんとボードを叩いた。

「娘の状態を、ひとまずそう名付けることにした」

所長の言葉を一言も聞き漏らさないよう、俺は意識を集中させる。

この日、俺は父さんに言われるままに研究所へ向かい、福岡から帰ってきていた所長と三人で朝からミーティングルームに籠もっている。

栞が脳死状態に陥ってから、一ヶ月が経過していた。

所長は研究所と大学病院を行ったり来たりして、時に父さんもそれに同行していた。俺もちょくちょくその二箇所に呼び出され、二度も遠距離のパラレル・シフトを経験したサンプルとしてたくさんの検査を受けた。

ただ、栞との面会は一度も許されなかった。

栞の容態は父さんを通じて俺に報告された。けれどそれはいつも代わり映えのしないものだった。変化なし。そればかり。さすがに納得できなかった俺は、ネットで脳死状態について調べてみた。そしてそれが、俺を絶望させた。

脳が生きていて自発呼吸をし、回復する可能性もある植物状態とは違って、脳死とは脳が完全に死んでいて自発呼吸もせず、回復する可能性はほぼ0％、そのほとんどは一週間以内に死んでしまうという。

もしかしたら、栞はもうとっくに死んでしまってるんじゃないのか？

所長と父さんは、それを俺に隠してるだけなんじゃないのか？

今の俺は、脈絡もなく突然叫び出したくなる。時には実際に叫んでしまう。食欲もなく、無闇に攻撃的になり、かと思えば際限なく落ち込んで、栞を追って自殺しようかという考えが頭に浮かび、でも自殺することすら面倒臭くなって、このまま息が止まってしまえばいいのになんて考えることもある。

そんな俺だから、夏休みが終わっても学校へは行っていない。家と研究所と大学病院を行ったり来たりする日々だ。幸いなのは、いろんな人が俺に優しくしてくれて、それでなんとか正気を保っていられることだろうか。

そんな半ば廃人のような日々を送っていた俺に、先日所長から、大事な話があるから研究所に来るようにと呼び出しがかかった。

今、俺にする大事な話なんて、栞のことしかあり得ない。

そうして俺は必死で理性の糸を束ね、今日こうして所長の話を聞いている。

「まず暦くんに言っておく。栞の体は、とりあえずまだ心臓は動いている。今は人工呼吸器をつけて心停止を防いでいる状態だ」

所長は普段の少し変わってるけど親しみやすい話し方をやめ、まるで男の先生のような冷徹な話し方になっている。真面目な話をする時はいつもこうだ。

「栞は、生きてるんですか？」

「それは難しい質問だ。脊髄がまだ生きているため脊髄反射はあるし、体液の分泌や体温の変化などの生理現象もある。だが脳機能はすべてが死んでいて、随意運動や五感、思考や知能、記憶や感情も失われている。そして、一度死んだ脳の機能は基本的に二度と甦ることはない。この状態を生きているか死んでいるかというのは、もはや個人個人の死生観によるところでしかない」

それはつまり、体は生きてるけど心は死んでいる、ということなんだろうか。

「でも……脳死になった人のほとんどは、一週間以内に心臓が止まるって」

「勉強したのか？　確かにほとんどはそうだな。けれど一週間以上生命活動が続いた例も数多くある。ある論文では、過去三〇年間の文献で長期生存例は三桁確認され、うち七例は半年以上生存したそうだ。人工呼吸器をつけて退院した例もあり、その中で最長の生存期間は十四年半。論文の執筆中にまだ生存していたらしい」

「じゃあ、栞もとりあえずはまだ大丈夫なんですね？」

「私が指名した信頼できるスタッフが、最新鋭の設備で生命維持をしてくれている。そう簡単には死なせない」

所長の言葉に俺はひとまず胸をなで下ろす。とは言え安心していい状態ではない。

「話を戻そう。今の栞のように、脳機能のすべてが死んでいる状態を一般的には全脳死というわけだが、私は今の栞の状態に別の名前をつけることにした」

「それが、虚質素子核分裂症？」

「そうだ。脳死というのは普通、交通事故や病気で脳が回復不能なダメージを負った結果として陥る状態だ。だが今回、綿密な検査の結果、栞の脳には何の損傷も見つからなかった。ただ機能を停止していたんだ」

脳に損傷がないのは頷ける話だ。この世界の栞は交通事故に遭ったわけじゃない。ただ箱の中に寝ていただけなのだから。

「では、どうして栞の脳機能は停止したのか。私はそれが、パラレル・シフト——並行世界間移動の影響じゃないかと考えた」

いよいよ本題だ。きっと、いや間違いなく、俺にも責任のある話になる。

「君は過去に二度、アインズヴァッハの揺り籠を使ってパラレル・シフトしている。そのうちの一回は言うまでもない、先月栞と一緒にシフトした時だ」

「アインズヴァッハ……？」

「気にするな。私が好きな古い小説に出てきた言葉だ」

そう言えば父さんから、所長は昔のマンガやアニメ、ゲームや小説が好きだと聞いたことがある。虚質科学や並行世界の考え方も、そういった作品から多大な影響を受けているのだとか。

「あの装置は、少なくとも私の認識ではまだ完成していない。君が跳んだ二度とも、電源すら入っていなかったはずだ。なのになぜ君のシフトは成功したのか？」

俺に聞かれても分かるわけがない。返事をしないことで続きを促す。

「パラレル・シフトというのは、基本的には自然に起きる現象だ。近い世界なら気づかないうちにシフトして気づかないうちに戻っていることもよくある。その際に生じる世界間の微妙な差違が、勘違いや記憶違いの原因になるわけだな」

そこまでは俺も知っているし、世間一般にも浸透してきている話だ。

「しかし遠くの世界になるにつれて、自然のシフトは起きにくくなっていく。君の一度目の長距離シフトは、お祖父さんが亡くなっている世界。二度目は日高くんと高崎さんが離婚しなかった世界。どちらもそれなりに遠い世界のはずだ。なのに君はシフトに成功した。

しかも、行きたいと思った並行世界へ。任意のパラレル・シフトは私がまさに目指しているものの一つなんだが……」

そんな風に言われると、なんだか自分が得体の知れない存在のように思えてくる。ここ一ヶ月ほど散々受けさせられているよく分からない検査は、そういうことを調べるためのものなのだろう。

「これはまだ仮説だが、パラレル・シフトを起こしやすい人間がいるんだと思う」

それが、俺のことなのか？

「暦くんは、そもそもパラレル・シフトがどうして起こるのか分かるか？」

「いえ……分かりません」

「そうか。日高くんも、教えるならそこまで教えればいいのに」

ずっと黙って話を聞いている父さんに、所長が矛先を向ける。

「そろそろ教えようかと思ってたんだが、研究所に来なくなったからな……いや、それも俺のせいなのか」

それというのは、所長や父さんが俺と栞の関係を勘ぐったことだろう。

「ん……それは、私にも責任があるんだったな。駄目だな日高くん。どうも私たちは勉強のしすぎで、人の気持ちが分からなくなってしまってるらしい」

「みたいだな……すまん、暦」

謝られても困ってしまう。栞がこんなことになってしまった直接の原因は、きっと俺にあるのだから。

「虚質科学の概念を分かりやすく説明するために私は『アインズヴァッハの海と泡』のモデルを考案した。知ってると思うが、海のたとえ話だな。虚質空間を海と考え、その海底で生まれた一つの泡を原始世界とし、垂直方向に時間軸を取る。そして大きくなったり分裂したりしながら、アインズヴァッハの海を上へ上へと浮かんでいく泡のことを、私たちが住む無限の並行世界だとした」

それはおそらく、俺が最初に父さんから教えられた虚質科学の概念だ。だからここはすんなりと理解できた。

「メタ的な視点になるが、この泡にはマクロな泡とミクロな泡がある。簡単に言えばマクロな泡は一つ一つの世界で、ミクロな泡はその中で生きる我々人間などのことだ。その泡はもともと同じ泡から分裂した双子の泡で、泡同士に分子間引力のようなものが働いており、マクロな泡の動きで生じた慣性力が加わって泡を飛び出すことがある。飛び出した泡はその勢いで近くの双子泡と入れ替わり、近ければすぐに元通りになるが、何かの拍子で遠くの泡と入れ替わってしまうと元に戻るまで時間がかかる」

これは要するに、パラレル・シフトのことを海と泡にたとえただけだ。

「そして、これはまだ完全な仮説だが……双子同士で結びつきが強く、マクロな泡から零れやすいミクロな泡があるんじゃないだろうか。虚質密度が高いとでも言えばいいのか、変化しようとする意思の強い泡。その泡が並行世界への移動を強く望むと、虚質がその意思に応えてパラレル・シフトを起こしてしまう」

「……それが、俺だと？」

「仮説だけどね」

その仮説が正しいとするなら、もしかして俺が協力すれば、あの箱——アインズヴァッハの揺り籠は、完成に近づくんじゃないだろうか？

「あの、一つ質問があります」

「なんだ？」

「虚質っていうのは、物質を構成するんですよね？」

「うん」

「逆に言うと、すべての物質は虚質で構成されてるんですよね」

「そうだ」

「ということは、例えば鉛筆とか、ノートとか、石ころとか……そんな物もパラレル・シフトしてるんですか？」

「うん。その通りだ。ただしそういった物はシフトしたって何ら世界に影響を与えない。シフトするのは虚質だけで、物質は入れ替わらないんだからな。要するに、人間で言うなら入れ替わるのは意識だけで体は入れ替わらないってことだ。そして物には意識がないから結局何も変わらないのと同じだ。正確に言うなら、影響を与える可能性が極めて低く、与えたとしてもごくごく軽微な影響でしかない」

「なるほど……」

例えば今俺が座っているこの椅子も、今この瞬間に並行世界の椅子と入れ替わってるかもしれないのか。確かに、だからといって何が変わるわけでもない。

「分かったかな？　では、本題に入ろう」

かつん、と再び所長がホワイトボードを叩く。そうだ、これはまだ本題のための前置きだったのだ。

「このミクロな泡が、マクロな泡の間を移動する途中で割れてしまったら、どうなる？」

マクロな泡は並行世界。ミクロな泡は人間。人間の泡が並行世界を移動する間に、割れてしまったら。

「……死ぬ？」

「違う。割れた泡を物質として構成していた虚質が、物質と解離するんだ」

今度は、たとえ話は必要なかった。なぜなら、たとえではなくその実例が、もう身近に存在するからだ。今までの話こそが、その実例を分かりやすく説明するための壮大なたとえ話なのだ。

「それが、虚質素子核分裂症？」

「そうだ。栞と君の検査結果、君の話、そして君が交差点で栞の幽霊から聞いた話を総合して考えた結果、私はそう結論した」

俺が交差点で栞の幽霊と出会い、その栞から話を聞いたことは、もう二人には話してある。栞は並行世界で車にはねられそうになった瞬間、別の並行世界へ逃げようとして、次の瞬間にはもう幽霊になっていた。

「君と一緒に揺り籠に入った栞は、君の虚質に牽引される形で一緒にパラレル・シフトした。しかしその先で交通事故に遭ったまさにその瞬間、交通事故に遭わない世界へシフトしようとしたんだ」

逃げられると思ってしまったのだろう。まさに逃げてきたばかりだったのだから。

「結果、栞の虚質がマクロな泡を飛び出してアインズヴァッハの海に潜るのと同時に、ミクロな泡が破裂した。並行世界の栞は、おそらくその時即死したんだろう。パラレル・シフトは原則並行世界の自分と入れ替わりで行われる。その相手が元の世界に戻れなくなったことで、栞も同じように戻れなくなった、そして栞の虚質はアインズヴァッハの海に留まることになり、物質を見失ってあの交差点の幽霊になった」

所長の言うことを、全部理解できたわけではない。

だけど、やっぱり俺に責任があるということだけは分かった。

「助ける方法は、あるんですか？」

「……私の考えがすべて正しいとしたら、アインズヴァッハの海を漂う栞の虚質を観測して、どうにか制御して元の物質に定着させればいいということになる。ただ、虚質はまだ実際には観測されていない。この先虚質科学が進歩すれば可能になるとは思うが、現実的には、それまで栞の体が保つとは考えにくい……」

手詰まりだった。そんなのもう、神様でもなければどうしようもないじゃないか。何でこんなことになってしまったんだ。俺も栞も、幸せになりたかっただけなのに。

「……暦くんの責任じゃないよ」

所長が、急にいつもの口調で言った。俺の表情がよほど絶望の色に染まっていたのだろうか。本来なら所長は、俺を責めるべき立場のはずだ。俺のせいで自分の娘が脳死状態になり、幽霊になってしまったのだから。罵《のの》って、ぶん殴ってくれればよかったんだ。

「……何で、そんなに落ち着いてるんだよ？」

なのに俺は、所長が俺を慰めたことで、逆上してしまって。

「娘がこんなことになって、何でそんなに冷静でいられるんだよ⁉　ややこしいことばっか言って、結局助けられないんだろ？　だったら何で俺のせいにしないんだよ！　母親のくせに、悲しくないのかよ！」

酷いことを言っている自覚はある。だけど止まらなかった。

栞への愛しさと、栞を助けられない情けなさと、自分の不甲斐なさへの怒りと、大人たちの冷静さへの苛立ちと……そして、今も栞を交差点で一人ぼっちにさせていることへの焦りと。すべてがぐちゃぐちゃに混ざってどろどろに溶け合った感情を、吐き出してしまわないと気が狂ってしまいそうだった。

「あんたらが、離婚さえしなければよかったんだ。そうすれば俺と栞は、普通に結ばれてたかもしれないのに！」

自分の無知や愚かさを棚に上げて、大人たちを責めてしまう。父さんも所長も、離婚に関しては返す言葉もないようでただ黙ったままだ。冷静に考えれば、その離婚のおかげで俺は栞に出会えたのかもしれないのに、そんなことには思い及ばず。

「……確かに、私たちみたいなのは、結婚なんてするべきじゃなかったのかもね」

小さな声で所長が言う。父さんが少しだけ眉根を寄せる。

「でもね暦くん、これだけは言わせて」

そして所長は、さっきまでと同じように、冷たい目で俺を見据えて。

「悲しくないわけないだろ、馬鹿」

全く表情を変えないまま、その目から、一筋の涙をこぼした。

その涙が、俺の頭を一気に冷やしてくれた。

俺はなんて子供なんだろう。当たり前だ。悲しくないわけがないだろう。

俺のせいで娘を失った母親に対して、俺は一体何様のつもりであんな罵声を浴びせてしまったんだ？

俺はとんでもないことをしてしまったんだ。でも、責任の取り方なんて分からない。どうすればいいんだろう。今俺にできることなんて、たった一つしかない。

「……ごめんなさい」

たった一言、そう言って頭を下げることしか、俺にはできなかった。

「いいよ。私も馬鹿なんて言ってごめん。さっきも言った通り、暦くんだけの責任じゃないから。責任って言うなら暦くんはむしろ一番小さいくらいだよ。栞の自己責任のほうが大きいんじゃないかな」

白衣の袖で無造作に涙を拭って、所長はいつもと全く変わらない様子でそう言ってくれる。だからと言って罪を許されて日常に戻るようなことはできるわけがない。

栞のために、俺にできることがあるとすれば、それは。

「所長。栞が、揺り籠の部屋の合い鍵を持ってるんです」

「知ってる。どうせ栞が作ってそれで忍び込んだんでしょ。だったら、ますます暦くんの責任は小さくなるね」

「その鍵、俺にください」

所長の目が、鋭く細められる。

「俺がいつでも揺り籠を使えるように。俺、並行世界で探します。栞を助ける方法を。俺なら簡単にパラレル・シフトできるんですよね？」

そうだ。揺り籠が未完成でも、俺なら並行世界へと跳べるんだろう？　だったら俺が並行世界へシフトしまくって、栞が助かってる世界を探して、その方法を調べてこの世界へ持って帰ればいい。

「何のために？」

「できるかもしれないけど、もうやらないほうがいい。どんな危険があるか分からない。それに、栞みたいに虚質素子核分裂症になる恐れがある」

「構いません。栞のために何かしたいんです」

「構わないことない。さっき言ったばかりでしょ、親が悲しくないわけがないって。君も謝ったばかりでしょ。そんなことになったら日高くんが……君のお父さんが悲しむ」

そう言われて、俺は父さんに目をやった。

父さんはじっと黙っている。俺が所長や父さんに暴言を吐いた時もずっと黙っていた。

正直、俺はいまだに父さんの考えることがよく分からない。けど、これでも長い間一緒に生きてきたんだ。

それに、俺と父さんは。

俺は父さんの目を真っ直ぐに見つめる。想いを、意思を込めて。

父さんもまた、俺を真っ直ぐに見つめ返す。

そして、言葉もなく互いにうなずき合った。

「所長。部屋の合い鍵、暦にやってくれないか」

「……日高くん、何言ってんの？」

「仕方ないだろう。男が、惚れた女のために何かしたいって言うなら」

そうして父さんは、らしくもなく、俺に向かって親指を立ててみせた。嬉しくなって俺も親指を立てて答える。そう、俺と父さんは、男同士なんだから。きっと分かってくれると思ってた。

「それ、ずるいなぁ。男かぁ。それ言われちゃうとなぁ……」

俺と父さんのやり取りを見ていた所長は呆れたようにため息をつく。

そして、苦笑した。

「分かった。いいよ」

「ありがとうございます！」

「ただし、条件付き。揺り籠を使う時は必ず私かお父さんに報告する。それで私たちの立ち会いのもとに、すべてをモニター、記録すること」

「はい！　……あれ、でもそれじゃあ、合い鍵もらう意味がないんじゃ？」

「いいから持ってなさい。はい」

「え？」

所長はポケットから何かを取り出し、俺に手渡す。見てみると、それは鍵だ。

「これ、あの合い鍵？　なんで持ってるんですか？」

「栞の持ち物を整理してて見つけたの。一応、今は社外秘の設備だからね。うちで合い鍵として使おうかと思ってたんだけど……君が、持っててあげて」

「……はい」

考えてみれば、初めて出会ったあの時から、並行世界へ行きたがっていたのは栞のほうだった。親が離婚していない並行世界へ行きたくて、でも自分で揺り籠を使うのは怖くて、俺を実験台にしたんだ。そう考えると、とんでもない出会いだ。

栞の顔を、声を思い出しながら、俺は鍵を握りしめる。

この鍵はきっと、俺と栞の幸せへと続く扉の鍵だ。そう信じて。

◯

次の日から俺は、昼は学校へ行きつつ夜は研究所で実験をするという生活を送り始めた。

学校へ行き始めたのは、無知は時としてすべてを破壊する罪なのだと知ったことと、本気で虚質科学の道を歩むと決めたのが理由だ。そうすればきっと栞を助けるための力になるはず。昔から研究所に出入りしていたおかげで学ぶことに対するコツを身に着けていたようで、俺の成績はぐんぐん上がっていった。

所長と父さんの監視下における初めてのシフト実験は、中学二年の冬に実施された。電源の入れられた揺り籠に入り、並行世界へ跳びたいと念じる。まずは近くの世界ということで、一つ隣の世界に跳ぶように念じた。

数秒後、目を開ける。俺は変わらずに揺り籠の中にいた。ガラスの蓋の向こうでは、父さんと所長がこっちをのぞき込んでいる。

蓋を開けてもらい、身を起こす。

「成功したのか？」

所長に聞かれるが、俺は答えられない。なぜなら、本当に何もかもが数秒前と一緒だったからだ。一つ隣の世界は朝食のメニューが違う程度の差違しかない。よく考えたら、これでどうやって自分が並行世界に来たかどうかを確認すればいいのだろう。

その問題を再確認した所長は、自分がどの並行世界にいるかを測定するためのIP端末の開発を急ごうと決めたようだった。

ただ、シフトが成功していたとしても、俺にとってはあまり意味はなかった。世界の差違がほとんどないということは、結局この世界でも栞は幽霊になっているということだ。

あまり近い世界にシフトしても意味がない。それが分かったことが、最初の実験における唯一の成果だった。

○

実験は最初、二、三ヶ月に一度という頻度だった。所長や父さんが許してくれなかったのだ。それよりも主に色々な数値を測定されたりよく分からないテストを受けさせられたりした。虚質科学の発展に貢献すると言われては断る由もない。

二度目のシフト実験はそれから三ヶ月後。今度は五つ隣の並行世界へ飛んでみた。

しかし、やはりほとんど変化はなかった。着ている服が違っていたりして並行世界だということは認識できたのだが、栞はそこでも幽霊になっていた。

俺は一応、その世界の栞と話してみることにした。

交差点へ向かうと、俺の世界と同じ笑顔で栞が立っている。

『あ、暦くん……こんにちは』

この栞は、俺が知ってる栞と同一人物なんだろうか？

「栞、実は俺、並行世界から来たんだ」

『え……そうなんだ』

「お前から見て、俺とこの世界の俺、何か違うか？」

『えっと……分からない。おんなじに見える……』

はっきりとそう言われて、ショックを受けた。並行世界の自分とは言え、やっぱりそれは別人で、俺はたった一人の俺だと思いたかった。

けど、俺も人のことは言えないのだ。

俺の世界の栞と、並行世界の栞の見分けがつかなかったのだから。

後ろめたい気持ちを抱えながら元の世界へ戻り、栞に会いに行く。

「栞、来たよ」

『あ……暦くん。ありがとう。嬉しい……』

横断歩道の上で、ほとんど透明の栞は儚《はかな》げに笑う。

栞がいるのは、もうあと二、三歩で横断歩道を渡りきれる位置だ。俺はいつも歩道側のぎりぎりに立って栞と話している。栞はこの位置で事故に遭った。ほんの少し、もうあとほんの二、三歩分の時間があれば、栞は助かっていたはずなのに。

「昨日、久しぶりにパラレル・シフトしたよ」

『そう。どうだった？』

「ごめん。また栞を助ける方法は見つからなかった。でも、絶対に見つけるから。それでお前を助けるからな」

『うん……ありがとう』

こうやって話していると、まるで栞が普通にそこにいるかのように感じてしまう。けれど信号が変われば車が走ってきて、栞の体をすり抜けていってしまう。

再び信号が変わって、横断歩道を渡る人がいなくなるのを待って、再び話しかける。

「栞は、何か変わったことはあったか？」

『えっと……昨日からね、レオタードの像のあたりに、いっつも鳩が二羽来るの。あれ、もしかしたら恋人なのかな？』

そんな風になんでもないように振る舞っている栞だが、二四時間ずっと同じ場所から動けないなんて、どれほど苦しいだろう。どれほど寂しいだろう。

本当なら、交差点に住みたいくらいだった。ばいばいと手を振る時の栞の寂しそうな笑顔を見ていると、いつも胸が張り裂けそうになる。

俺は可能な限り毎日交差点に通い、人目がない時を見計らっては栞に話しかけていた。とは言えほぼ毎日だと完全に人目を避けるのは無理で、さらに栞の幽霊は不思議と俺にしか見えないようだ。父さんも所長も、道行く人々にも見えていないらしい。そんな理由もあって、俺はおそらく町内の人々から近づかないほうがいい不審者扱いされていたことだろうが、栞のためを思えばどうでもいいことだ。

栞の話だと、たまに栞に気づいて驚いている様子の人もいるらしい。霊感があるとかないとかと同じような話なのだろう。もしかしたら、俺がパラレル・シフトをしやすい理由として挙げられた虚質密度の高さとかいうものが理由なのかもしれない。

とにかく、俺はそうして栞の幽霊と話しながら、勉強と実験の日々を送っていった。

○

三度目のシフト実験は、中学三年になってすぐの五月。

近い世界に跳んでも意味がない。その思いを強くしていた俺は、思い切って50くらい遠くの世界へ跳んでやれと念じた。

シフトした先は、全然知らない部屋だった。

近い並行世界では俺の世界と同じ実験をしていたため、並行世界の俺も同じタイミングでシフトしており、必然的にシフトする場所は同じ揺り籠の中だった。

だが今回、初めて揺り籠ではない場所にシフトした。これは、この世界の俺がシフト実験をしていないことを意味する。ということは、シフト実験をする必要がない――つまり、栞が幽霊になっていないからではないのか。

とは言え、まずはここがどこなのかを確かめなければならない。携帯端末を取り出すと時刻は夜の一時。事故防止のためにシフト実験は深夜に行われている。念のためにアドレス帳も確認してみたけど、栞の名前はなかった。

恐る恐る部屋を出るとあたりは真っ暗だ。この時間だから当然かもしれない。端末のライトで足元を照らしながら、知らない家の中を探索する。

リビングにたどり着き、何か手掛かりはないかと手当たり次第に探っていると、唐突に部屋の明かりがついた。

驚いて振り向くと、そこに立っていたのは父さんと……離婚したはずの母さんだった。

「暦か？　何してるんだこんな時間に」

父さんは右手に、俺が修学旅行のお土産に買ってきた木刀を持っている。もしかして俺は、泥棒か何かと思われたんだろうか。よく考えたら、こんな時間に電気もつけずに家探しをしていればそう思われるのも無理はない。

父さんの左腕には、おびえた様子の母さんがしがみついている。その自然な様子を見るに、どうやらこの世界では二人は離婚していないようだった。

「暦？　どうしたの？」

返事をしない俺を心配に思ったのか、母さんが父さんの腕を離して近づいてくる。だけど俺はそれどころじゃなかった。

これだけ遠い世界なら、栞が無事かもしれない。栞に会いたい。俺はそれしか考えられなかった。けど、端末のアドレス帳に名前がなかったということは、この世界の俺と栞は知り合っていないということだ。

「父さん！　所長さんの娘さん、紹介してもらえないかな!?」

　突然の申し出に、父さんは目を白黒させて戸惑う。

「どうしたんだ急に」

「研究所の所長さん、俺と同い年の子供がいるだろ？　その子に会いたいんだ！」

「確かにいるが……事情を説明しろ」

　父さんであれば、事情を説明してもいいかもしれない。けど、この時の俺にはややこしい事情を事細かく説明するような余裕はなかった。

　だから、咄嗟《とっさ》に頭に浮かんだ嘘をそのまま口にした。

「この前たまたま研究所で見かけて、一目惚れしたんだ！」

　父さんの表情が固まった。

　対照的に、みるみる笑顔になったのが母さんだ。

「あらまぁそう、暦もそんなお年頃なのねぇ。もしかして、その子の住所が知りたくて探してたの？」

「え？　あ、うん。そうなんだ。こんな時間にごめん」

「いいのよぉ。でも、勝手に住所を調べて押しかけるなんてしちゃ駄目よ？　ねぇあなた、ちゃんと紹介してあげなさいよ」

「え？　あ、うん。そうだな、それは別に、構わないが」

——こうして、母さんのおかげで俺は次の休日、この世界の栞と会えることになった。

けど、研究所の待合室で会った栞は。

「あの……初めまして。佐藤、栞です……」

そんな他人行儀な、警戒心さえ感じさせる声で、俺に初対面の挨拶をした。

違う。そう思った。並行世界の同一人物は、結局別人だ。

これは、俺が好きになった栞じゃない。俺と何の関係もない栞が助かっている世界を見つけても、栞を助けたことにはならない。

俺の、俺だけの栞を助けるためには、俺と出会った栞が幽霊になっていない世界を見つけないと、意味がないんだ。

◯

並行世界の父さんに事情を説明して、なんとか揺り籠を使わせてもらって元の世界へ戻ると、元の世界の父さんと所長から勝手に遠くの並行世界へ跳んだことを叱られ、そして無事に帰ってきてよかったと安心された。

だけど俺は、不安でたまらなかった。

俺は本当に、元の世界へ戻ってきたのか？　ここは俺が元いた世界なのか？　そんな確証、どこにもないじゃないか。ここが一つ隣の世界じゃないなんてどうして言えるんだ？　それだけじゃない。父さんも所長も、どこか並行世界からシフトしてきた別人じゃないのか？

俺はそれからしばらく情緒不安定に陥り、実験も一時中断した。

それでも栞にだけは会いに行っていた。所長の話によると、栞の虚質は幽霊になったときに空間に固定されたため、パラレル・シフトすることはあり得ないらしい。また、そもそも人間は一日に一度もシフトしないことがほとんどで、基本的には元の世界にいると考えていいとも言われた。だから俺は、交差点の栞とだけは安心して話すことができた。

そんな俺の状態を案じて緊急性を認識した所長は、自分が今どこの並行世界にいるのかを測定するためのIP端末の開発を最優先にした。

その結果、俺が中学を卒業する前にはIP端末の試作品が完成して、俺はその最初のモニターをすることになった。ゼロ世界を登録し、IPの差違を数値化し、自分が何番目の並行世界にいるのかを知ることができる装置。それを身に着けることで俺は平静を取り戻し、それまで以上の頻度で再びシフト実験に取り組んでいった。

それから俺は、一〇回以上揺り籠を使ってパラレル・シフトした。行った世界はすべて比較的近い世界ばかりで、どの世界でも俺は離婚した父さんについていって、研究所で栞に出会っていた。

そして、そのすべての世界で、栞は幽霊になっていた。

泡のたとえを再び出せば、双子の泡とたとえられていたミクロな泡は実際には二つであるわけがなく、同じ泡から分裂した泡はすべて双子として見なされる。要するに、ここから近い多くの並行世界で、栞は同じ事故に遭って幽霊となっているらしかった。

まだたったの一〇回程度だ。並行世界は無限に存在する。その中にきっと、栞が助かっている世界がある……そう言い聞かせながらも、俺は思わずにはいられない。

もしかして、これはいわゆる、運命というやつなんじゃないのか？

俺と栞が出会ったら、どうあがいてもこうなる運命なんじゃないのか――？

〇

一七歳になっていた。

栞の体は九州大学病院を退院し、虚質科学研究所に新しく作られた部屋で人工呼吸器を使って生命維持されていた。所長は研究所の一室を居住空間に改装し、二四時間栞と一緒に暮らしていた。

俺はずっと栞を助ける方法を探してパラレル・シフトを続けている。しかしやはりその方法は見つからないまま。

　その傍ら、俺は死にものぐるいで勉強し、県下で最難関の高校に首席で合格した。生命維持室の栞にそのことを報告し、続いて交差点の栞にも報告すると、すごいすごいと褒めてくれた。それでかろうじて心が折れてしまわずに立っていることができた。

　けれど、ついにその日はやって来た。

　ある寒い冬の日だった。

「暦」

　学校に行こうとしていた俺を、父さんが呼び止めた。

「今日は学校を休め。一緒に研究所まで来い」

　父さんが俺に学校を休ませてまで研究所に呼ぶなんて初めてのことだった。相当大事な話があるんだろう。もしかしたら、栞に回復の兆しがあったのかもしれない。期待しないようにと自分に言い聞かせつつも、心のどこかでそれを期待しながら研究所へ向かう。

　連れていかれたのは、栞のためだけに作られた生命維持室。

「ああ、来てくれたんだね暦くん……入って」

　めずらしく目を腫らした所長が俺を迎え入れる。徹夜でもしたのだろうか。

　けど今の俺に所長を気遣うような余裕はない。わざわざ学校を休ませてまで栞に会わせるのだから、きっと何かいい変化があったんだ。俺は父さんや所長の態度から感じる暗い雰囲気を無視し、栞に会いに行く。

ベッドの上の栞は、生命維持装置を外されていた。

「……栞？」

血の気のない栞の頬をなでる。

ユノと栞が教えてくれた、感じたくなかった温度差を、その頬の冷たさに感じる。

「ほんの、一時間前だ……栞の体は、心臓の鼓動を止めた」

俺の心臓も止まってしまえばいいのに。そう思った。

◯

ささやかな葬式を行い、栞の体を燃やした煙が煙突から流れるのを眺め、喪服代わりの学生服を着たまま交差点へ行くと、一四歳から全く変わらないままの栞の幽霊が俺を笑顔で迎えてくれた。

『暦くん。久しぶりだね……』

「うん。ごめん」

毎日栞に会いに来ていたのに、三日間も栞をひとりにしてしまっていた。だけど仕方がなかった。俺は栞に、栞の体がこの世から消えたことをどう伝えればいいのか、分からなかった。
『……暦くん、何か悲しいことがあったの？』
栞の優しい声がする。俺は何も答えられない。
『大丈夫だよ、暦くん。泣かないで。私がいるからね……』
半透明の栞の手が、俺の頭をなでようとしてすり抜ける。
信号が変わり、横断歩道を人が歩き始める。
たくさんの人が、俺と栞の横を通り過ぎていく。
誰も、栞がそこにいることに気づかない。

栞が交差点の幽霊となってから、虚質科学は飛躍的に進歩した。

世界的な成果を一つ挙げると、所長がメインで研究していたIP端末。虚質紋を測定して自分が今どこの並行世界にいるかを数値で確認することができる腕時計型の端末だ。この試作品が完成し、世界中の研究機関でテストが行われた。その甲斐あって、IP端末はそれから数年後には広く一般のモニターが募集されるまでになる。

虚質科学研究所の研究内容も一歩先に進んだ。父さんがメインで研究を始めた、IPの固定化がそれだ。虚質空間で重ね合わせ状態にある虚質素子を常に観測し、量子の状態を確定させて揺らぎをなくすという研究だ。これが実現すれば、観測中はパラレル・シフトが起きなくなるのではないかと考えられている。もしもこの技術が一般化するまでに至れば、例えば車の運転中に急に遠距離シフトを起こして事故を起こすなどの事態が避けられることになる。人類が並行世界を受け入れて生きるには、いずれ必ず必要になるであろう技術だ。とは言え虚質素子はいまだ観測されていないので、それが研究の最重要ポイントであることは変わっていない。

そしてもちろん、任意の並行世界へシフトするための装置、アインズヴァッハの揺り籠の開発も進んでいた。俺が揺り籠を使ってシフトする時に収集されたデータが研究を進めたのだろう。これは要するに人体実験なので（しかも当時未成年の子供を使った）、知っているのは俺と父さんと所長の三人だけだったけど。

所長はこの任意のパラレル・シフトを『オプショナル・シフト』と名付け、二〇年以内の実用化を目指して研究所のメインプロジェクトとした。この技術が完成すれば並行世界間での情報のやり取りが並列化できる可能性があり、そうなれば虚質科学に限らず、世界の文明レベルは飛躍的に発展することが予想された。

そんな虚質科学の目覚ましい進歩とは対照的に、俺の人生は急速に暗く重苦しいものへと落ち込んでいった。

栞の体がこの世から消えて、俺の心の支えはもう交差点の栞だけになった。

本当なら、高校を出たら福岡の九州大学理学部虚質科学科に進むつもりだった。

所長はもともとこの大学の物理学科で独自に虚質科学を研究し、ドイツの大学院へ留学して、日本に戻って最短で教授になると、地元のバックアップを受けて虚質科学研究所を設立した。父さんはこの時の立ち上げスタッフの一人だ。

そこから先はご存じの通りだ。俺が一〇歳の時、所長は学会で並行世界の存在を実証したと発表。あれよあれよという間に虚質科学は学問の一分野となり、田舎の謎の研究所であった虚質科学研究所は世界的に有名になった。

その成果を受けて、九州大学が理学部に新設したのが虚質科学科だ。所長を始めとして研究所の所員が複数非常勤講師として招かれており、虚質科学を学ぶなら日本に限らず世界中でもトップクラスの場所だった。

俺も最初はここで虚質科学を学び、帰ってきて栞を助けるための研究をするつもりだった。だけど栞の体が死んでしまって、俺はもう駄目だった。そこに通うなら福岡に引っ越さなければならない。交差点に栞を一人置いて。そんなことができるわけがなかったし、俺も栞と離れたくなかった。

だから俺は、高校を辞めてすぐに研究所に雇ってもらった。もちろん正規のルートではない。完全なるコネだ。けれど所長と父さんの二人が分かりすぎるほどに俺の事情を分かってくれていたし、研究員の人たちも小さい頃から仲良くしてくれていた人ばかりなので、何の問題もなく潜り込むことができた。

一八歳になり、研究員として正式な給料を毎月もらい始めたことで、俺は父さんの家を出て一人暮らしを始めた。生活するにはぎりぎりの額だったが、別に贅沢をするつもりはないのでそれで十分だった。

それと同時に俺は、栞のことでうやむやになっていた父さんと所長の再婚話を再び持ち出して焚《た》きつけ、そして翌年、晴れて二人は再婚した。とは言えこれは別に二人の幸せのためとかそういうわけではない。いやもちろん、二人が幸せでいてくれるならそれに越したことはないのだけど。

俺の目的は、とにかく一人になることだった。

可能な限り栞のことだけを考えたい。余暇があればすべて交差点へ行く時間に充てたい。そのための一人暮らしで、それでも少しだけ残っていた人間らしい理性が、年老いていく父を一人にするのは忍びないと考えたからだ。父さんたちが意外と素直に言うことを聞いて再婚を決めたのは、そんな俺の思いを汲んでくれたからなのかもしれない。

そうして一人の時間を手に入れた俺は、毎日栞に会うために交差点に通いながら、それでも研究だけは真面目に続けていた。栞を助けるのをまだ諦めたわけじゃない。IPカプセル（所長が『アインズヴァッハの揺り籠』と名付けたそれは、いつしかそんなシンプルな名前で呼ばれるようになっていた）を使ったオプショナル・シフトの実験も続けていたし、少しずつ遠距離シフトの実験もするようになっていた。

しかし、三桁近い回数の実験を繰り返しても、俺と出会った栞はただ一人の例外もなく虚質素子核分裂症に罹《かか》っていた。

遠くの世界なら、俺と出会っていない栞が幸せに生きている世界もあった。しかしどうしても俺は、並行世界の栞を俺が愛した栞だと思うことはできなかった。俺が好きな栞はただ一人だけだ。多くの世界を見れば見るほど、その想いは強くなっていった。

その頃の俺は運命論のようなものに取り憑かれていて、俺と栞が出会った場合、どの世界でも必ず不幸になるのではないか、という考えに支配されていた。その時に、父さんや所長に相談しながら俺が提唱した考えが、不可避の事象半径、というものだ。

ある世界で、一つの事象が起こる。近い世界ではほぼ確実にそれと同じことが起こる。遠い世界になれば同じことは起こらなくなる。この、同じことが起こらなくなるまで、逆に言えば『必ず同じ事象が起こる世界の距離』を数値化できないか、と考えた。

アインズヴァッハの海と泡モデルを使うと、事象も一つの泡として表せる。このうち、とある結果を生む原因となる一つの泡を起点として、その泡から分裂した並行世界は等しい種類の事象引力に囚われる。その事象引力からは決して逃れることはできず、どの並行世界であろうとも同じ結果に辿り着く。俺はそういう仮説を立てた。

この仮説は研究所の協力を得て実証され、やがて虚質科学が扱う正式な論として認められる。その範囲を示す半径の数値にIPを用いたため、ブラックホールの半径を示す言葉と組み合わせ、シュバルツシルトIP、通称SIPと名付けた。ちなみにこの名付けは所長のアドバイスを受けてのものなのだが、おそらくこれも何らかのフィクションを参考にしているのだろう。

まだ若く、しかも高校中退の俺の理論が正式に採用されたことで、虚質科学の世界では俺の名前も少し知られ始める。だけど俺はそんなことにはなんの興味もなかった。研究費を取るための材料にはさせてもらったが、結局俺の目的はただ一つ、俺の世界の栞を救い出すことなのだ。

しかし皮肉なことに、自分の提唱したSIPこそが、栞を助ける手段はないのだと証明してしまった。俺と栞が出会うという事象のシュバルツシルト半径の内側では、例外なく栞は事故に遭い、幽霊となっていた。

虚質素子の観測はいまだ実現していない。仮に実現して、幽霊となった栞の虚質をサルベージできるとしても、その入れ物である体はもう火葬されてしまっている。

この状況で栞を救う方法を、俺は一つしか思いつかなかった。

そして、その手段として考えられることも、ただ一つ。

パラレル・シフトはその名の通り、虚質空間の平行移動だ。

それでは駄目だ。平行移動では栞を救えない。

救えるとしたら、平行移動ではなく、垂直移動。すなわち——

時間移動だ。

第四章　青年期、壮年期

その女性との『再会』は、俺が二七歳の時だった。

九州大学理学部虚質科学科を首席で卒業。その後大学院へ進み、発表された博士論文が学会で高い評価を得て最短で博士課程を修了、大学のポスト・ドクターや海外の研究所からの誘いを断って地元に帰り、そしてうちの求人へ応募してきた。なんでもうちの研究員の娘さんらしく、父親は自慢の娘だと鼻を高くしていた。

所長や父さん、他の研究員たちは有望な若手がやって来たと沸き立っていたが、俺は大して興味がなかった。研究を進めて栞を助けるヒントでも見つけてくれれば儲けものだと思ったくらいだ。

当然ながらその女性は満場一致の即採用となり、四月一日から入社の運びとなった。ちなみにうちの研究所はもともと所員の出入りが少なく、その年の新規入所者はたった一名のみ。そのため入所式なども特別行われず、最初にミーティングルームで所員が集まって軽く顔合わせの挨拶をするだけだ。それすらも参加は任意なので、当然俺は参加せずに一人黙々と研究を続けていた。

その後、女性は父さんの案内で研究所内の各施設を回っていた。当然ながら俺の研究室へもやって来て、そこで初めて顔を合わせた。

――いや。

正確に言うなら、初めてではなかった。

俺にとって、彼女との出会いは二度目だったのだ。

とは言え最初、俺はそのことに気づかなかった。彼女に興味もなかったので、顔もろくに見ずに無言で頭を下げた。一応自己紹介くらいはしておこうと姿勢を正す。

まずは父さんが、女性に俺のことを紹介してくれる。

「彼はこの研究室の室長、日高暦くんだ。私の息子だが、あまり気にせずに接してくれ」

「はい」

第一印象は、冷たい女性。眼鏡をかけた切れ長の目が知性と冷徹さを感じさせる。それは表情にも表れていて、これから一緒に働くことになる、もしかしたら上司になるかもしれない相手にも愛嬌を振りまくつもりはないようだ。それは少なくとも俺にとっては何もマイナスの印象ではない。優秀であればそれでいい。媚《こ》びを売られるほうが面倒だ。

「暦、この子が例の新人さんだ。お前と同い年だからというわけでもないが、いずれお前の下につけようかと思ってる」

父さんの申し出は、正直ありがた迷惑だった。いつの間にか室長なんて立場になっている俺だが、俺の研究室には正式な共同研究員はいない。ましてや後輩や部下など。これは俺が研究所で一番年下だからというのもあるが、何よりも俺が、人と一緒にやるより自分一人でやったほうが成果を出すからだ。これはもちろん俺が意図的にやっていることで、余計な人間関係を作らないのが目的だ。つまるところ俺は結局、あれから一〇年以上が経っても、栞のことしか考えていなかった。

所長は別にそれでいいと思ってくれていたみたいだが、父さんはやはり父親として気になるところがあったんだろう。もし若い研究員が新人で来てくれるようなら俺につけようと、最初から考えていたのではないだろうか。

今の俺の目的が時間移動の方法を見つけることなのは、今、俺以外の誰も知らない。俺は並行世界の研究をしながら、それをカモフラージュとして時間移動の研究を続けている。もちろん虚質科学という学問の可能性として時間移動が論じられることはあるのだが、現状では世界は平行移動しかできないとされているのだ。

ノートのたとえで言うと、同じページ上の違う図形に移動することはできるが、違うページに移動するには紙を突き抜けなければいけないということになる。この場合の紙とは虚質のことだ。つまり、時間移動するには虚質の壁を突き抜けなければならないということになる。そして虚質は物質を構成しているので、虚質を突き抜けると理論的にはその時点で物質も崩れてしまう。

つまり、虚質科学の理論では時間移動は世界の崩壊とイコールなのだ。

そのため、少なくともうちの研究室では時間移動の研究はされていないし、そのための予算も下りない。なのに俺は通常の研究のためにもらった予算で時間移動の研究をこっそりしているわけだから、部下や後輩は邪魔でしかないのだ。

と、考えを巡らせたのは一瞬だ。父さんに紹介された女性が一歩前に出て、俺に向かって自己紹介する。

「瀧川和音《たきがわかずね》です。よろしくお願いします」

そして一礼して、真っ直ぐに俺の目を見てくる。

ふと。

俺はその名前を、どこかで聞いたことがあるような気がした。

所員たちが履歴書を読んでいる時にでも名前を口にしていただろうか？　いや、そんな記憶はない。では学会で高評価だった博士論文に目を通した時、名前を見ていたのだろうか？　それならもっとはっきり覚えていそうなものだ。

あらためて、彼女の顔を見る。

知性を感じさせる整った顔立ちだ。眼鏡の度はなかなかきつそうで、その奥の細い目がやや近寄りがたい雰囲気を感じさせる。髪はいわゆるショートボブで、少し明るい焦げ茶色をしている。

……やはり、どこかで見たことがあるような気がしてきた。

栞が幽霊になって以来、俺はまともに人と接していない。高校でも友達などいなかったし、高校を中退してからは家と研究所と交差点を行ったり来たりする毎日だ。まさか、俺が行ったことのある店でアルバイトをしていたとかだろうか？　いや、そんな相手を覚えているとは思えない。

「二人とも、うちでは最年少になるけど、優秀さでは他の研究員に引けを取らないと私は思ってる。どんな分野にも若い風が必要だ。二人で力を合わせて、ぜひ虚質科学の未来を担う研究者になってほしい」

父さんが綺麗にまとめる。もういつの間にか五〇を過ぎているが、随分とまともになったものだと思う。そんな父さんに敬意を表し、俺もらしくなく、久方ぶりに普通の人間のような行動に出てしまう。

「初めまして。よろしく、瀧川さん」

そう言って俺が差し出した手を、瀧川さんが握る。

……少し、痛く握られたような気がした。

○

俺と瀧川さんの本当の初対面がいつどこだったのか、その謎が解けたのはそれから一年も後のことだった。

大方の期待通り、瀧川さんは実に優秀だった。最初のうちは色んな人について様々なことを学んでいたのだけど、そのいずれをもすんなりと吸収し、時には改善案さえ出す始末だった。所長もこれはさっさと正式に研究チームに入れたほうがいいと思ったらしく、お偉いさん方で話し合った結果、彼女は父さんの思惑通りに俺の研究室に配属された。こうして、俺は初めて共同研究員というものを持つに至ったのだ。

そして、その日の勤務時間の終わり。

「暦。ちょっと来い」

休憩室を通りかかると、父さんが俺を呼び止めた。

「なに?」

近づく俺に父さんは一枚の封筒を差し出す。開けてみると、中には一万円札が二枚入っていた。はて、なんだろうこの金は。

「備品の買い出し?」

「違う。その金で、これから瀧川くんと食事に行ってこい」

「は？」

思いっきり顔をしかめてしまった。

「お前たちは今日からチームになるわけだから、親睦を深めるためにだな」

「嫌だ。必要ない。帰る」

「まぁ待て。もう店も予約してある。母さんのおすすめの店だぞ」

「何してるんだよ……だったら母さんと行けばいいだろ」

ここで言う「母さん」とは所長のことだ。父さんと再婚してから、俺はプライベートの場では所長をそう呼ぶようにしていた。余計な引け目を感じさせないためだ。

「母さんとはまた別の店を予約してある。お前が行かないと無駄になるぞ」

「父さん、そんなキャラだった？」

まるでいつまでも独身の息子に嫁を世話しようとしているみたいじゃないか。五〇を超えてやはり色々と思うところがあるのだろうか……と一瞬思ったが、そういうわけでもなかったようだ。

「お前がまだ、栞ちゃんのことを諦めてないのは分かってる」

唐突に言われて、一瞬呼吸が止まった。

「お前の人生だ、お前が選んだ道に俺は何も言わない。けど、それならそれで可能性を高めるよう行動しろ。瀧川くんは本当に優秀な研究者だ。きっとお前の助けとなる。仲良くなっておくに越したことはない」

「……まさか、そういう攻め方をされるとは思わなかった」

「瀧川くんのことを、役に立てば儲けもの、くらいに考えてたんじゃないか？　それじゃあ駄目だ。役に立てるんだ」

なるほど、やはり父さんは父さんらしい。俺と同じで、今でも結局どこか人間らしさに欠けているようだ。

「……そういうことなら、ありがたく」

封筒の二万円を財布にしまい、予約している店の連絡先を携帯端末に記録する。なんでも所長のおすすめの店らしいから、これはもう業務命令のようなものだろう。俺はそのまま休憩室に残り、もうすぐ出てくるはずの瀧川さんを待った。

冷静になると、少し緊張してきた。もう一〇年以上もまともに人と接していない。ましてや女性を誘った経験など、栞の他にないのだ。一体何と声をかければいいのだろう。まずは、お疲れ様、か。そうすると向こうが、お疲れ様です、お先に失礼します。ああ、気をつけて……駄目だ。帰ってしまった。そうじゃなくて、お疲れ様、一緒に食事に行かないか？　いくらなんでも唐突すぎる。栞の時はどんな風に誘ってたんだっけ？　飯食いに行こうぜ！　あり得ないだろう。

色々考えていると、急に動悸がしてきた。

胸が苦しくなるその感覚が、ひどく懐かしい。こんな人間らしい感情が俺の中にもまだ残っていたのか。少し嬉しくなるのと同時に、申しわけない気持ちが襲ってくる。

栞はもう、心臓の鼓動なんて感じることはできないのに。

「日高さん」

心臓が止まるかと思った。

「あ……ああ、瀧川さん」

いつの間にか、目の前に瀧川さんが立っていた。仕事が終わったのだろう。ちょうどいい、このまま誘ってしまおう。さてなんと言おう。あれ、頭が真っ白になってるぞ。さっきまで何を考えてたんだっけ。

「お疲れ様、です」

「はい。お疲れ様です」

続きが出てこない。なぜだ、父さんや栞とは普通に話せるのに。極力人と交わらずに過ごした一〇年間は、こんなにも人からコミュニケーション能力を奪ってしまうのか。動悸が激しくなり、冷や汗が出てくる。今から食事に、と言おうとしても、「い」という言葉をどうやって発音していたのかが思い出せない。

そんな俺の様子に、瀧川さんは少し眉をひそめて。

「あの、副所長から、日高さんが食事に連れていってくださると聞いたんですが」

俺は久しぶりに、心の底から父さんに感謝した。

○

父さんが予約した店は、駅から歩いて一〇分くらい、アーケード街から少し路地に入った所にあるビルの一階の定食屋兼居酒屋だった。だが、そのビルに近づくにつれて、俺も瀧川さんも眉間に皺が寄っていく。

「本当に、ここなんですか？」

「その、はずなんですけど」

そのビルには、壁や通路の至る所にアニメやゲームのポスターがべたべたと貼られていたのだ。なんなんだろうこのビルは。

「はず、とは？　日高さんが予約したんじゃないんですか？」

「あー……実は、予約したのは父なんです。瀧川さんとはチームになるんだから、親睦を深めるために食事に誘えと」

「なるほど……え、じゃあこのお店は、副所長の趣味？」

「父にそんな趣味は……あ、そうか。この店、所長のおすすめなんですよ」

「所長の……ああ、そういうことですか」

皆まで言わずとも、瀧川さんは理解したらしい。

虚質科学の立役者である所長、佐藤教授がいわゆるオタクであることは、この業界ではわりと有名なことだ。特に古いマンガやアニメ、ゲームやライトノベルが好きらしく、虚質科学や並行世界の考え方もそれらの作品から影響を受けていると公言しており、いくつかの作品は虚質科学の参考資料として挙げられたりもする。

「所長のおすすめなら、入らないわけにもいきませんね」

「ですね……まぁ、行きましょう」

一階の奥にある『をためし』と書かれたのれんをくぐり、がらがらと引き戸を開ける。

定食屋ならではの美味しそうな匂いが漂ってくるが、それよりもやはりポスターやフィギュアだらけの店内の様子に目がいってしまう。

「いらっしゃいませー」

「あの、予約していた日高ですが」

「あーはいはい、日高さんね！　そっちのふすまの部屋にどうぞ！」

入り口の真正面にあるふすまを開けて中に入る、と。

「なんですか、この部屋……」

その部屋もやはりポスターやフィギュアだらけなのだが、外とは少し趣が違った。

簡単に言うと、美少年だらけだ。

外はポスターもフィギュアも美少女だらけだったのだが、ここは正反対だ。してみるとこの部屋は、女性向けということなのだろうか。

ともあれ座布団に腰を下ろし、店員さんが持ってきてくれたおしぼりで手を拭く。座敷というのは楽でいい。俺の不安を裏切ってわりと普通だったメニューの中から適当に注文し、先に出てきた軽い酒で乾杯をする。

「えー……まぁ、今日から同じ研究チームということで……よろしくお願いします」

「よろしくお願いします」

緊張から来る喉の渇きもあって、俺はビールを一息に半分ほど飲み干した。瀧川さんは度の弱いカクテルをちびりと舐めてテーブルに置く。

「……お酒は、よく？」

「よく、というほどでも。好きですけどあまり強くなくて」

「そうですか……」

会話が途切れる。勇気を出して話を振ったはいいが、どう続ければいいのか分からない。瀧川さんの方から話してくれれば助かるのだけど。

お互いに、しばらく黙ったまま酒を飲み続ける。とは言え俺はビールだからすぐに一杯飲み終わってしまう。瀧川さんはやっとグラスの三分の一程度を飲んだところだ。手持ち無沙汰になってしまう俺。

　そうして、グラスが半分ほど空いたところで。

「あの」

　瀧川さんは、不意にグラスを置いて口を開いた。

「はっ、はい⁉」

　驚いてそんな返事をしてしまう。三〇も近い男が情けないことだ。

　瀧川さんは顔を下げ、そして目を細めて俺を睨みつけてきた。よく見るとその耳が真っ赤になっている。まさか、これだけでもう酔ってしまったのだろうか。

「私が入所した日、研究室でご挨拶をしましたよね」

「はい」

　覚えている。父さんが瀧川さんを連れてきた時だ。

「あの時、日高さんは、初めましてと言いましたが」

　初めまして。よろしく。ごく普通の挨拶のはずだ。いったい何が気に入らないのか。

　そこでふと、思い出した。

　そうだ。俺はあの時――

「初めましてではありません」

　初めてじゃないような気が、してたじゃないか。

「少なくとも私にとって、あれは再会でした」

「……やっぱり、そうだったんですか」

「やっぱり？　気づいてたんですか？」

「その、どこかで会ったような気は、してました」

「どこだか、分かりますか？」

「……すいません。思い出せません」

俺は素直に頭を下げる。あの後いくら考えても、結局答えは出なかったのだ。

瀧川さんは再びお酒を一口。不機嫌そうなのはそれが理由だったのか。しかし、どうして俺は思い出せないんだろう？　俺は一体、瀧川さんといつどこで会ったんだろうか？

「私たち、同級生なんですよ。高校時代の」

「……はい？」

「同じ高校、同じ学年、同じクラスでした」

「……それは、申しわけない」

なるほど、そうだったのか。それは見覚えがあっても当たり前だ。なるほどなるほど。

嘘だ。正直に言うと、さっぱりぴんとこなかった。

俺が通っていた高校は県下で最難関の進学校で、一年の時のクラスは入試の成績順に割り振られた。首席で合格していた俺は当然のように一番上のAクラスだったのだが、あのクラスは生徒全員が勉強にしか興味がなく、それは俺にしたって同じだった。だから友達付き合いなんて皆無で、同級生の顔と名前を思い出せと言われても、俺はただの一人も覚えていない。

なのに、どうして瀧川さんのことだけ覚えていたんだろう?

「話したこともないから、覚えてなくても仕方ないかもしれませんね。ただ、日高さんはわりと覚えられてたと思いますよ。新入生総代でしたから」

新入生総代。高校の入試を首席で合格した俺は、入学式の日に新入生総代として壇上に立たされたのだ。なるほど、それなら成績が最重要のAクラスの生徒たちに覚えられていたとしても頷ける。

ただ、それだと俺が瀧川さんを覚えている理由にはならない。

「私も狙ってましたから、悔しかったです。それからはテストの点で勝とうとしたけど、結局あなたは誰にも負けることのないまま、トップでい続けた」

あの時は、まだ栞の体が生きていた。栞を助けるというのは俺にとって何よりも大事な現実で、それは手の届く形でそこにあったのだ。最高の成績で、最高の大学へ進学し、栞を助ける方法を見つける。そのために死にものぐるいで勉強をした結果だ。

「その日高さんが、二年で高校を中退した時は本当に驚きました。何か事情があったんでしょうけど、その時の私は単純に、日高さんが落ちぶれたのだと思っていました。でもそうじゃなかった。日高さんはその後、不可避の事象半径という概念を提唱してそれが認められ、虚質科学の歴史に名を残しました。私は大学でそのニュースを知って、本当に悔しかったんです。そして誓いました。絶対に虚質科学研究所に就職して、あなたを超える成果を出してみせると」

お酒のせいもあるのだろう。クールに見えていた瀧川さんの目が、今は情熱的に俺を睨みつけている。なるほど、父さんの言っていたことは正しかったようだ。この執念はきっと利用できる。

「光栄です。きっと二人で虚質科学を発展させましょう」

精一杯の作り笑いを浮かべながら、それでも俺はまだ胸のもやが晴れない。

まだだ。まだ、俺が瀧川さんを覚えていた理由が分からない。名前だけならそれでもいいが、もっと何か、違う記憶があったような気がしてならない。同じクラスではあったけど一言も話したことはなく、高校を中退してからは研究室で再会するまで一度も会っていない。この条件で、いったいどうして。

俺の作り笑いを見抜いたのか、瀧川さんはまた不機嫌そうな目に戻り、お酒をぐいっと一口。今までで一番勢いのいい飲み方だ。大丈夫なんだろうか。

「それで、ですね」

「はい」

「日高さんと対等の立場で競うために、私から一つお願いがあるんですが」

「なんでしょうか」

いったい何を言われるのだろう。面倒臭いことでなければいいのだが。

瀧川さんは再びグラスをあおり、ずいっとテーブルに身を乗り出して一言。

「敬語、やめていい？」

「……はい？」

全く予想外のお願いだった。

「だって、同級生なのよ私たち。敬語だとどうしても仕事上の立場を意識してしまうわ。そうなると日高さんは私の上司になるわけだから、遠慮なく対抗意識を燃やせない」

「はぁ」

「だから、タメロ。どう？　駄目なら駄目でいいわ、すっぱり諦めるから。社会人としての常識くらい持ってるつもりよ。お酒の勢いってことで許してくれると助かるわ」

その常識を曲げてお願いするためのアルコールだったのだろうか。なんとも健気《けなげ》なものだ。しかし、これは逆にいいのかもしれない。俺だって敬語なんて苦手だし、それに、もしかしたら瀧川さんには、いつか時間移動の研究のことを話す時が来るかもしれない。だとすれば、距離を縮めておいた方がいいんじゃないか？

「分かった、そうしよう。俺もタメロで話すことにする。この方が楽だしな」

「そう。ありがとう」

素っ気なく言って、瀧川さんはグラスに残った最後のカクテルを飲み干す。平然としているように見えるが手が少し震えている。おそらく怖かったのだろう。仮にも上司に向かってタメロでいいかなど、まともな社会人としては言語道断だ。俺がまともな社会人じゃなかったことに感謝してほしい。

「じゃああらためて、これからよろしくね、日高さん」

「タメロなのに名字にさん付けってのも気色悪いな。暦でいいよ」

「そう？　じゃあ……」

そして、瀧川さんが俺の名を呼んだ瞬間。

「暦」

俺は、思い出した。

どうして瀧川さんのことだけを覚えていたのか。

いつどこで、瀧川さんに出会ったのか。

○

あれは確か、二〇歳くらいの時だったと思う。俺はいつものように、ＩＰカプセルを使ってパラレル・シフトした。すでに多くの実験を重ねていた俺は、許可を得たうえで遠くの世界へのシフト実験もするようになっており、その日は思い切って普段よりもずっと遠くの世界へシフトしてみた。

シフト実験は常に夜中の二時頃に行われていた。これは、昼間に実験をすると様々な危険を伴うからだ。例えばシフトした先が高速道路で車を運転中だったりすると、シフトした瞬間のほんの一瞬の認識ラグでも大事故を起こしてしまうかもしれない。栞はそれで、あんな目に遭ったのだ。

それに比べて、夜中の二時であれば普通は寝ている。もちろん絶対に安全だとは言えないのだが、少なくとも九割以上は狙い通りベッドの中にシフトしていた。

その時のシフトも、無事にベッドの中だった。

ところが、いつもと決定的に違うことがあった。

その違和感に、危うく声を上げてしまうところだった。

俺の右手が、誰かの手を握っている。

おそるおそる、顔を右側に向ける。

隣に、誰かが寝ている。

触れ合う肌の感触。俺もその誰かも裸らしい。部屋には常夜灯がついていて、うっすらと誰かの輪郭を浮かび上がらせる。髪が長い──女だ。

もしかして、と俺は一瞬期待する。

もしかしてこれは、栞じゃないのか？

この世界は、俺がずっと探していた、俺と出会った栞が幽霊にならなかった世界じゃないのか……？

確認するために、枕元を探ってライトスタンドを見つけ、スイッチを入れる。

その灯りの眩しさに、女が目を覚ます。

「ん……どうしたの、暦？」

目をこすりながら、女が俺を見る。

誰だ。

「トイレ？　それとも……また、するの？」

そんなことを言いながら、女は恥ずかしそうな笑みを浮かべる。

その笑顔も、目も、耳も、鼻も、口も、俺の名を呼ぶ声も。

栞じゃない。栞とは全く違う女だ。

俺は、栞じゃない女と、裸で一緒に寝ているのか？

そう認識した瞬間、酷く気分が悪くなった。

胃の中の物を吐き出してしまいたい。目の前の女を突き飛ばして、誰だお前はと怒鳴り散らしてやりたい。駄目だ、落ち着け。ここは俺の世界じゃないんだ。並行世界の俺が誰と付き合おうと、俺にどうこう言う権利はない。

……そうなのか？　並行世界であっても俺は俺だろう？　なんで栞じゃない女を抱いてるんだ。俺のくせに。あらゆる世界の俺は、栞のために生きるべきじゃないのか？

駄目だ。考え方がめちゃくちゃになっている。混乱している証拠だ。帰らなければ。元の世界へ。久しぶりに俺は強く念じた。元の世界へ戻りたい。こんな世界に俺はいられない。冗談じゃない。俺に栞以外の恋人がいるなんて、そんなの絶対に認めない――

そして元の世界へ戻った俺は、その世界のことをすぐに記憶から消した。

◯

そうだ。並行世界だ。

あの世界には、俺のことを「暦」と呼ぶ女性がいた。

その女性は、俺の隣で、俺と手を繋ぎ、俺に微笑んでいた。

その女性は、その世界の俺の恋人だった。

俺に栞以外の恋人がいるという事実に耐えきれず、俺はすぐに元の世界に戻った。ほんの数秒のことだったので、おそらくそのことに向こうは気づいてないだろう。向こうの世界の俺もちょうど寝ていたはずだ。

間違いない。今、瀧川さんが「暦」と俺を呼んだ声と、あの女性が「暦」と呼んだ声は全く同じだ。俺は並行世界で、瀧川さんと出会っていたのだ。

並行世界で、俺の恋人だった女性。

その存在をどう受け止めればいいのか分からず、俺は口を閉ざす。

代わりに、というわけでもないのだろうが、瀧川さんが口を開く。

「私のことも、和音でいいから」

俺から名前で呼べと言っておきながら、俺は名前で呼ばないというのもおかしな話だろう。妙に乾く舌を動かし、おそるおそるその名を呼ぶ。

「分かったよ……和音」

初めて口にするその響きが、なぜだかとても舌に馴染んでいるような気がして、無性に栞に会いたくなった。

その後、俺と瀧川さん……和音は、運ばれてきた料理を食べながら酒も何杯かおかわりし、店を出る頃には和音がすっかりでき上がっていた。どうしてもカラオケに行きたがる和音に一時間だけ付き合い、ふらふらと歩く姿が危なっかしいので仕方なく家まで送ることにする。

その道中に、昭和通り交差点があった。

信号が変わり、横断歩道を渡り始める。この横断歩道を渡り終えるあたりに、栞がいる。

俺は意識を集中させる。

すると、横断歩道の上に、一四歳のままの栞の姿が浮かび上がった。

『あ……暦くん』

栞は嬉しそうに微笑む。俺も小さく手を振る。しかし残念ながら今は和音と一緒だ。いくら酔っているとは言え、和音の目の前で和音には見えない幽霊と会話をして変に思われるのも嫌だし、だからと言ってここから一人で帰らせるのも気が引ける。仕方なく、とりあえず和音を送ってからもう一度帰ってこようと決めた。

速度を落としてゆっくり歩きながら、俺は栞に耳打ちするように言う。

「またすぐに来るから。少しだけ待っててな」

こくん、と栞は小さく頷く。

そして。

「あれ……暦も、この子が見えるの？」

和音が言ったその言葉に、俺の足は完全に止まった。

和音を見る。和音の目線は、確かに栞の姿を捉えているように見える。父さんや所長には見えていなかったが、栞の話によるとたまに自分が見えているような人もいるらしい。栞が幽霊のようなものだとしたら、栞が見える人たちは霊感が強い人ということになるのだろう。そういった人々から噂が広まり、今では『交差点の幽霊』というのはこの町では有名な都市伝説になっている。

和音もその、霊感が強い人なのだろうか？

「お前、栞が見えるのか？」

動揺した俺は、ついうっかりその名前を出してしまった。

とろんとしていた和音の目が急に光を取り戻し、いつもの鋭さで俺を射貫く。研究者の目に戻ったということだろう。

「栞？　それ、この幽霊の名前？　暦はこの幽霊が誰だか知ってるの？」

迂闊《うかつ》だった。なんとかごまかす手段はないかと考えてみるものの、上手い手は見つからない。何も答えずに沈黙しても、その態度がもう答えだろう。

「直接、この幽霊に聞いたんだ」

苦し紛れにそんな言いわけをしてみる。信じたのか信じていないのか、和音の表情からは読み取れない。

「栞……普通に考えれば女性の名前かしら」

「それくらいは見れば分かるだろ」

「そう。暦には性別がすぐに分かるほどはっきり見えてるのね」

「え？」

「私は、たまにものすごくぼんやりと、人の形のようなものが見えるだけよ。声も聞こえないわ。なのにあなたにははっきり見えてて声も聞こえてる……まさか、これで無関係だなんて言わないでしょうね」

さらに墓穴を掘ってしまった。もしかしたら鎌をかけられたのだろうか？　酔っている頭ですかさずそんな罠を張れるとはなかなかに有望だ。

「教えなさい。私の好奇心を甘く見ないでよ」

据わった目で睨みつけてくる和音。これはごまかしてもしつこく追及されるだろう。下手をしたら研究所でも、他の所員たちの前で口に出すかもしれない。

どうする？　ここは判断のしどころだ。和音は非常に優秀な共同研究員だ。いつか自分の本当の研究を打ち明けて協力を得ることも選択肢のうちだった。それが早まっただけだと考えれば、むしろこれはいい機会か？

俺は栞に目を向ける。栞はきょとんとした目で俺と和音を見比べている。

「栞。話しても、いいか？」

ほんの数秒だけ俺の目を見つめて、栞はこくりと頷いた。

意を決して、俺は和音に向き直る。和音を仲間にできるなら、もっと自然に栞と話せるかもしれないという一つの打算もあった。基本的に誰にも見えない栞と話す俺は、端《はた》から見れば交差点で独り言を呟き続ける危ない人間だ。だが二人になればその相手と話していると思われるだろう。どうせ通行人の会話に聞き耳を立てるやつなどいない。

「分かった。和音、今から大事なことを話す。よく聞いてくれ」

そして俺は、和音に栞のことを話し始めた。

とは言ってももちろん全部ではない。俺と栞の関係はほとんど全部伏せて、単なる友人ということにした。その友人が、並行世界のこの場所で交通事故に遭い、その瞬間に強引なパラレル・シフトをした。その結果、シフトが終わる前に並行世界の肉体が車にはねられて即死し、物質を失った虚質だけがこの場に染み付いて残ってしまった。これを虚質素子核分裂症と呼ぶ……概ねそういった説明だ。

「俺は、この子を助けるために研究を続けてるんだ」

説明を聞き終わった和音は、口元に手を当てて何やら考え込んでいる。さぁ、次に口を開いた時に何を言うかで、俺は和音に対する評価を一つ決めるだろう。

「……虚質素子を観測して、サルベージできるようになれば可能なのかしら。それでどうにかして、こっちの世界のこの子の体に虚質を同化させれば」

和音の答えは、俺の中でほぼ満点のものだった。

「いや、こっちの世界でもこの子の体はもう死んでる。虚質素子核分裂症は、体の方は脳死とほぼ同じ状態になるんだ。二年保ったけど、それまでだった」

「そう……じゃあ、どうするの？」

この期に及んで一瞬だけ迷ってしまうが、やはり話してしまうことにした。俺が説明し終わった後、質問や否定や反論よりも先に、まず具体的な方法を考えて口にした和音の研究者としての性《さが》を、俺は信じることにした。

「俺は、栞が虚質素子核分裂症になったそもそもの原因をなくしてしまうしかないと思ってる。その方法をずっと探してる」

「そもそもの原因をなくす？」

「栞が事故に遭った原因。そもそも並行世界へシフトしてしまった原因。それを、最初からなかったことにしてしまえたら」

「最初からなかったことに、って……それ、まさか」

俺が言おうとしていることに和音は気づいたらしい。それはそうだろう。虚質科学に携《たずさ》わる人間なら、きっと一度は同じことを考えているはずなのだから。

「俺はずっと、時間移動の研究をしてる」

眼鏡の奥で、細い目を丸くして、和音は絶句した。

並行世界という、かつてフィクションでしかなかったものが現実のものとなったこの時代でも、時間移動はまだ完全にフィクションのままだ。それを大真面目に研究していると言われればそんな反応にもなるだろう。

「過去に戻って、やり直す。それが俺の今の目的だ」

下手をすれば正気を疑われるレベルの発言だ。だが、和音の反応は違った。

「すごい」

「え？」

「やっぱりあなたはすごいわ、暦。並行世界の研究をしてるのかと思ってたら、一歩進んで時間移動だなんて」

和音の目が爛々と輝き始める。それは、未知への好奇の光だ。

「時間移動の研究に予算なんか下りないでしょう？」

「ああ。だから並行世界の研究に下りた予算で、時間移動の研究をしてる。バレたらクビどころの話じゃないな」

「秘密の研究ってわけね。いいわ、面白いじゃない。私も一緒に泥を被ってあげる。そして必ず、暦よりも先に時間移動の方法を見つけてみせるわ」

「……いつか頼むことになるかもとは思ってたけど、まさか今日いきなりとはな」

こうなってしまえばもう一蓮托生《いちれんたくしょう》だ。それに和音の俺に対する対抗意識はプラスに働くかもしれない。自分が一番先に。その思いは研究者にとって存外に大事なものだ。競争心が生み出した成果がこの世界にはいくらでもあるだろう。

「今の虚質科学だと、時間移動は不可能とされている……その理由は、物質の垂直移動は虚質の壁を越えないといけないからで……いやでも、これはモデルの問題で、新しいモデルを考案すれば……ああもう、こうしちゃいられないわ。暦、私帰るから」

「え？　大丈夫か？　まだ酒が残ってるんじゃ」

「酔いなんか全部吹っ飛んだわよ」

「送ろうか？」

「大丈夫、タクシー拾うから。早く帰って考えをまとめたい。また明日ね」

そう言って和音は俺の返事も待たずにすたすたと歩いて行く。さっきまでぐでんぐでんだったのが嘘のようなしっかりとした足取りだ。

途中、一度だけ立ち止まってこちらを振り返り。

「栞さん？　によろしくね」

そう言い残し、今度こそ振り返らずに去って行った。

後に残された俺の耳に、栞の小さな声が聞こえてくる。

『……面白い人だね』

「だな」

『暦くんの、恋人さん？』

反射的に、俺は栞を睨んでしまった。

「違う」

『……目が、怖いよ』

「ごめん。でもそんなわけないだろ。俺はお前だけだ」

俺の言葉を聞いた栞は、嬉しいのか悲しいのか分からないように儚く微笑んで。

『ありがとう……でも、もういいんだよ』

聞きたくなかった言葉を、俺に投げかける。

『私、もうよく分からないけど……もう、ずっと長い時間が経ってるよね。暦くん、すっかり大人だもんね』

栞の姿はいまだにあの頃のまま。一四歳の頃のまま。ならば中身もそうかと言うとそんなことはなく、かといって成長しているわけでもなく。

歳月が流れるにつれて、栞の意識や感情は少しずつ希薄になっているようだった。

表情も、昔のようにころころとは変わらない。分かるか分からないかくらいの微笑を浮かべるだけで、泣いたり怒ったりすることもなくなった。もしかしたら当たり前なのかもしれない。一〇年以上も、ひとりぼっちで交差点に立ち続けて。それで人間らしい感情を持ち続けるなんて、無理に決まっているのかもしれない。

『ねぇ、暦くん……もう大丈夫だよ。私のために、暦くんがずっと一人でいるなんて……私、そんなの嫌だよ』

「一人じゃないだろ。俺は俺のために、お前と一緒にいるんだ」

『……ありがとう。嬉しい……でも……』

「でもじゃない。約束しただろ。俺は絶対にお前を助ける。そのために生きてるんだ」

『……うん……』

口にすると、栞への愛おしさが溢れて泣きたくなる。栞を抱きしめたいけど、物質を持たない虚質だけの栞を抱きしめることはできない。手すら繋げない。それがもどかしくて、腹立たしくて、悲しい。

「頼むから、もういいなんて言わないでくれ。俺は栞のために、栞のためだけに生きていたいんだ。絶対に方法を見つけてみせるから。俺を信じてくれ」

『うん……ありがとう、暦くん……』

幽霊の栞が、俺に向かって手を伸ばす。俺はそれに自分の手を重ねる。その手は触れ合うことはなく、すり抜けてしまったけど。

手のひらに感じた温かさを、気のせいだとは思いたくなかった。

○

次の日から、和音という優秀なライバルと仲間を得た俺は、今まで以上に意欲的に時間移動の研究に取り組んでいった。

和音とは研究室だけではなく、時に公園で、時に喫茶店で、時にカラオケボックスで、時にお互いの家で、時に所長おすすめの定食屋で。ひたすら虚質科学と時間移動について語り合い、意見をぶつけ合った。

俺たちの熱意は本来の並行世界研究でも様々な副産物的成果を残し、俺と和音の研究所内での地位はだんだんと上がっていった。そうなると今まで自由に使えなかった機材が使えるようにもなり、さらに研究は進んでいった。

そうしながらも俺は毎日のように交差点へ通い、栞と語らった。たまに和音がついてきて、俺を介して擬似的に栞と会話したりもした。

研究の時間も、栞との時間も、いつも充実していた。

けれど結局、時間移動の手段は見つからないまま。

栞の時間だけを、交差点に置き去りにして。

それから、さらに一〇年の歳月が流れた。

○

「はい、ビール」

マスターがカウンターにグラスビールを置く。俺はそれを持ち上げ、一口ずつゆっくりと飲む。もうがぶがぶと飲める歳でもなくなってきた。いつの間にか俺も四〇近い。目の前にある小さな美少女のフィギュアを眺め、よくできてるなぁ、なんて思う。

　ここは一〇年くらい前に所長におすすめされた定食屋の二階にあるバーである。店内はやはりアニメのポスターやフィギュアだらけだ。あれから俺と和音はなんだかんだと下の定食屋を利用するようになり、すぐにこのバーにも通うようになった。今ではもうすっかり常連だ。マスターも料理長もこの一〇年間一回も変わらずよく続いている。

「日高さん、今日は暗いね」

「研究が進まなくてね。さすがに少し、へこたれてきた」

　あれから一〇年。虚質科学は発展し、並行世界の研究は飛躍的に進んだ。

　所長の作ったIPカプセルが実用化され、任意の並行世界へシフトできる『オプショナル・シフト』が各並行世界間で情報の並列化を実現。それによって世界は一つの巨大な量子コンピュータと化した。その結果、ついに虚質素子を直接観測することが可能になり、それが様々なブレイクスルーをもたらした。

　まず俺と和音が解明したのが、俺にだけ栞がはっきりと見え、声まで聞こえる理由だ。

　虚質素子の直接観測は、物質を失った栞の虚質紋を測定することを可能とした。そして測定された虚質紋と俺の虚質紋を比較した結果、一部分が完全に一致していたのだ。これはおそらく、栞と二人でIPカプセルに入って並行世界へ跳んだ時に、何らかの作用で俺と栞の虚質の一部が同化してしまったからだと考えられた。

　だから俺にだけは、栞の幽霊がはっきりと見えるし声も聞こえる。それが分かった時、俺と栞、互いの中に互いがいるように思えてとても嬉しかった。

ちなみに――研究の過程で秘密にしておくことができなくなり、結局俺は、栞の許可を得たうえで二人の関係をすべて和音に話した。その時の和音の反応は、そんなことだと思ってた、とドライなものだった。

IP端末も完全に一般化した。今では子供が生まれた時にIPを測定して、それをゼロ世界として登録したウェアラブル端末を身に着けることが義務づけられている。今の時代、誰もが当たり前のように並行世界の存在を認識していた。

父さんが研究していたIPロックも完成した。対象の虚質を常に観測することで虚質素子の状態を確定させ、パラレル・シフトを起こさない装置。これは主に結婚式などの人生における重大なイベントの時に突然シフトしてしまうのを防ぐため、あるいは犯罪者がオプショナル・シフトで並行世界へ逃げることを防ぐためなどの用途で使われている。

このように、今や虚質科学というのは日常と切っても切り離せないものとなった。その重要性を認識した政府は並行世界に関するいくつかの法を整備し、それを根拠として内閣府に虚質技術庁を新設。その影響でうちの研究所は独立行政法人化し、国立研究開発法人虚質科学研究所として再スタートした。所長と副所長は相変わらず母さんと父さんなのだが、二人ともそろそろ定年だ。定年後も研究を止めることはないだろうけどその地位自体は後進に譲るつもりだそうで、このまま行くと所長は俺、副所長は和音ということになりそうだった。

そんな躍進華々しい虚質科学だったが——

結局、時間移動の方法は見つからないままだった。

何か、何か重要な、それでいておそらく酷く単純な見落としをしているんだ。そんな気がしてならなかった。発想の邪魔をするのはいつも常識だ。俺も和音も、おそらく何かの常識の壁を打ち破れていない。

けど、それがなんなのかが分からない。苛立ちに任せて俺はビールを一気にあおる。

「もう若くないんだからさ、そんな一気に飲まない方がいいよ」

マスターが苦笑しながら空になったグラスを下げる。ちょっとビールばかり飲み過ぎたか。何か違うものを頼んでみようとメニューを開いてみる。

ざっと眺めてみて、ふと珍しい名前が目についた。

「マスター、ここギネスなんて置いてたっけ」

ギネスとは、アイルランド生まれの真っ黒なビールのことだ。現地では毎日のように飲まれているらしい。

「ああ、お客さんのリクエストで入れてみたの。飲んだことある？」

「若い頃に何回か飲んだな。久しぶりに飲んでみようか」

「はいよ」

マスターは、カウンターに何も入っていないビールグラスを置いた。

「中身は？」

「これから入れる。面白いよ」

にやにやと笑いながら、マスターは瓶のギネスの栓を開ける。そしてグラスの上で傾け、勢いよく中身を注ぎ込んだ。黒いビールは注がれるそばから泡になり、グラスの中は泡で満たされる。

だがその直後、奇妙な現象が起きた。

だんだん底に溜まり始める黒いビール。ビールの水位が上がるにつれて、当然泡は上へと浮かんでいく……はずなのに。

グラスの中では、勢いよく、泡が沈んでいた。

俺は呆然と『泡が沈む』という現象を見つめている。目の前で今、何かとんでもないことが起こっているような感覚を味わいながら。

「……マスター、これは」

「面白いでしょ。ギネス・カスケードって言うんだって。理屈は知らないけど」

冷静に考えれば簡単だ。泡が浮かぶ時、その泡にぶつかったビールも押し上げられて上昇する。これはビールに粘性があるためだ。しかしビールは泡以上には上昇しないので、グラスの径が広がっている部分で渦となり、グラスの内表面に沿って下降していく。すると今度は泡が粘性によってビールに押され、ビールと一緒に下降していくのだ。これにより、グラスの中央部では泡が上昇し、グラスの内表面では泡が下降するという状態ができ上がる。これを外から見ると、泡が沈んでいるようにしか見えないというわけだ。

いや――実際、一部の泡は沈んでいるのだ。

「ビールの粘性……泡……虚質、そうだ、虚質粘性という概念……泡の浮力……虚質密度……海の虚質と泡の虚質……虚質の粘性と虚質の浮力……ＩＰの観測……書き換え……固定化……」

「日高さん？　どしたの？」

これだ。

見つけた。

これが、俺と和音が見落としていたこと。打ち破るべきだった常識の壁。

すなわち――『泡は沈む』。

◯

いてもたってもいられず、勘定を済ませて店を飛び出してすぐ、和音に連絡した。

もう一〇時を回っていたが、幸い和音はまだ研究所にいた。ちなみにお互いずっと独身のままだ。俺はともかく和音は何度もチャンスがあっただろうに、結局研究を優先してここまで来てしまった。四〇も近い研究職の女が今から結婚相手を見つけるのはさすがに簡単なことではないだろう。和音はある意味、俺よりもクレイジーな研究者だった。

だが、今はそんな和音の存在がありがたい。タクシーを飛ばして研究所へ向かい、和音と二人で研究室に籠もる。

「何、どうかしたの?」

胡散《うさん》臭げな視線を向けてくる和音に、俺は単刀直入に答えた。

「見つけた。時間移動の方法を」

和音が目を見開く。

俺たちが一〇年間ずっと追い続けてこの手にできなかったもの。それがこんな何でもない日に、唐突に。普通は信じられないだろう。

「説明して」

だが、和音とももう長い付き合いだ。こと栞に関しては、俺が決して冗談を言わないことなどもう分かってくれている。

「悪い。見つけたと言っても、イメージが摑めたってだけなんだが」

俺はいまだに上手くまとまっていない考えを整理しながら、ゆっくりと言葉にする。

「アインズヴァッハの海と泡。世界の泡は、海の上へと浮かんでいく。これが未来へ進むということだ。なら、過去に戻るためには海を沈んでいけばいい」

「モデルレベルではそうね。そんなことは一番最初に話したじゃない。泡は沈まない。沈ませようと思ったら泡に重りでもつけるしかないけど、そんなことをしたら泡はあっという間に割れてしまう」

「違うんだ和音。泡は沈む。ある一定の条件さえ揃えば」

「どういうこと？」

「粘性だ。ギネスってビールを知ってるか？　あのビールは粘性が高く泡が小さい。液体の粘性が泡の浮力を上回る時、そこに渦を作って下降流を起こせば、粘性に押されて泡は沈むんだ」

「だから、それは物理モデルでの話でしょう？　そんな思考実験ならいくらでもできるわよ。問題はそれを虚質空間で起こすことができるのかって話で」

「できる。ＩＰカプセルとＩＰロックを改良して応用すれば」

俺たちにとってはすでに身近なものとなった装置の名前が出てきたことで、和音の表情が変わる。否定から考察へと頭が切り替わったのだ。それを確認し、俺はいよいよ具体的な手段の説明に入る。

「まず、ＩＰカプセルの機能を拡張して、時間移動する対象の虚質に外圧をかけて虚質量を圧縮する。次にＩＰロックの機能を拡張して、小さくなった虚質を固定する。そこで周りの虚質空間のIPを書き換えて小さな渦を作って下降流を発生させてやれば、質量の小さくなった虚質の浮力は空間の虚質粘性に負けて、海を沈み始めるはずだ」

俺の説明を和音は黙って脳内で噛み砕き、咀嚼《そしゃく》する。

「……理屈で言えば、可能そうね。問題は、カプセルにしろロックにしろ、本当にそんな改良ができるのかだけど」

「それが俺たちのこれからの研究課題だ。虚質空間が直接観測できるようになった今、決して不可能な話じゃない」

「やれやれ……また一〇年仕事ね」

肩をすくめる和音。それはつまり、了承の合図だ。

「でも、問題はまだあるわ。仮にそれらが上手くいったとして、それでどうやって栞さんを助けるの？」

そう。俺の最終目的はそれなのだから、時間移動の手段を見つけただけでは終わりではない。それを使ってどのように栞を助けるのか。それが問題だ。

当然ながら、俺の中にはもうその筋書きがあった。

「この方法で沈んだ泡は、ビールと違って再び浮いてこない。浮力と粘性が釣り合う地点まで、ひたすら過去方向へ沈んでいく。ここでポイントになるのは、栞が幸せになる世界のIPを予《あらかじ》め探しておいて、ちょうどその世界との分岐点まで沈むように綿密な計算をして泡を圧縮することだ。これが上手くいけば、その分岐点まで沈んだ時点で元の泡は静止して、分裂前の泡と融合するはずだ。その時点で元の泡のＩＰは書き換わる。そうなれば虚質量も正常に戻って浮力を取りもどし、融合した泡としてその世界を未来方向へ浮かび始める。あとは普通にその世界を生きていけばいい」

目を閉じて俺の話を聞いていた和音は、しばしの沈黙の後でゆっくりと目を開いて、その細い目で眼鏡越しに俺を睨《ね》めつける。

「それは要するに、この世界に体だけ置いて、虚質だけ過去の分岐点に戻って、そこから違う世界に融合してその世界を生き直すってこと？」

「そういうことだな」

「それ、こっちの世界に残された体はどうなるの？」

「平行方向が垂直方向に変わるだけで、起こること自体は虚質素子核分裂症と同じだ。物質が体なら虚質は魂。魂がなくなった抜け殻の体……まぁ、脳死状態だろうな」

何の感慨もなく事実だけを告げる。そんな俺の態度に和音が眉をひそめる。どうにもさっきから不機嫌そうだ。

「そうなったあなたを、誰が面倒見るの？」

「知らない」

「残されたあなたのお父さんやお母さんの気持ちは？」

「どうでもいい」

和音の表情がだんだん険しくなってくる。その気持ちも、言いたいことも、分からないわけじゃない。そこまで人間をやめてはいない。

でも、仕方ないじゃないか。

本当に、どうでもいいとしか思えないんだ。

「俺は、栞を不幸にしたこんな世界はもうどうなったっていいんだ。俺は栞が幸せになれる並行世界へ、この世界の栞の虚質を、魂を連れて逃げる。後のことは知らない」

もう、それだけが俺の生きる意味なんだ。この世界の栞が幸せになれない世界になんて用はない。俺たちは二人で逃げるから、後はみんな、勝手に幸せになってくれ。

俺の中には欠片《かけら》も迷いはない。純粋に、心の底からそう思っている。この考えを覆《くつがえ》すなんて、それこそ栞が体つきで生き返りでもしない限りあり得ない。

それが分かったのだろう。深いため息をついて和音は言う。

「……一応、タイムパラドックスの質問よ。あなたが過去へ消えた場合、この世界にあなたがいたことで起きたすべての事象が、消えてなくなってしまわないかしら?」

「虚質科学はその可能性を否定する。俺という人間は一本の鉛筆みたいなものだ。線を引いた後で鉛筆を折っても線は消えない」

「もう一つ。その方法で他の世界の自分に合流した場合、あなたや栞さんの虚質は並行世界の虚質と融合するんだから、記憶や人格はきっと残らないわよ。過去に遡った分だけ消えていって、合流したら後はもう他の世界の自分に任せるしかないわ」

「それでいい。俺にとって栞は、この世界で出会った栞だけだ。その栞を不幸にした俺が許せない。不幸にした出会いが許せない。栞が幸せになれないこの世界が許せない。だから、この世界の俺と栞の魂が、違う世界でやり直せるならそれだけでいいんだ」

「狂ってるわ、あなた」

「かもしれない。嫌なら降りろ。ここからは俺一人でやる」

それは俺の本心だった。本来和音はずっと俺の個人的な研究に付き合わされているだけなんだから、いつでも降りる権利はあるのだ。

けど、和音の反応は予想外だった。

「降りないわよ。あなた一人でやったら何十年かかるか分からないわ」

その表情にさっきのような刺々《とげとげ》しさはなく、むしろ憑き物でも落ちたかのようにさっぱりとしている。なんだろう、俺はもっと説得されたり罵倒されたり殴られたりすると思っていたのだが。

「ところで、まだ問題があるでしょ？　時間移動にＩＰカプセルを使うなら、あなたは行けても栞さんが行けないわ。体がないし、虚質は交差点から動けない。あなただけが違う世界に行っても意味ないでしょう？」

「あ……ああ、それは多分大丈夫だ。俺と栞の虚質は一部融合してるだろ？　だから俺がＩＰに受けた影響は栞も受ける。俺が時間移動すれば栞の虚質もついてくるはずだ。もちろん、本当にそうなるか十分なテストは必要になるけど」

「なるほどね。それも一苦労しそうだわ」

そう言ってやれやれと頭を振る和音は、もうすっかりいつも通りだ。さっきまで俺を狂人扱いしていたとはとても思えない。さすがに不思議になって、俺は素直にその疑問をぶつけてみた。

「君は、俺を許すのか？」

「許すも許さないもないわ。あなたが選んだあなたの人生なんだから」

「……それを言うなら、俺は君の人生を巻き込んで随分引っかき回してしまったような気がするんだけど」

「それは私が選んだ私の人生よ。それにね」

そこで和音は、ふっと遠くを見て。

「気が狂うまでに誰かを愛せるって、羨ましいわ」

そんなことを言って、笑うのだった。

確かに和音は、誰も愛しているようには見えないのだけど。

「ところで、栞さんが幸せになる世界って、具体的にはどんな世界なの？　幸せの定義っていうのも難しいと思うけど」

「ああ、そうだな。絶対の幸せなんてものはないと俺も思う。けど、少なくとも栞をこの世界と同じ不幸にはさせない世界の定義なら分かってるんだ」

その世界まで、栞の魂をつれて一緒に逃げること。それが俺の生きる意味。

「へえ。その定義って?」

栞が不幸にならない世界の定義。それはもう、ずっと前から分かっていた。

「俺と栞が、絶対に出会うことのない世界」

幕間

時間移動を実現するために必要なあれやこれやを和音は一〇年仕事だと言ったが、まさに一〇年後、各装置の時間移動のための改良が完了した。それからさらに時間をかけて実験を繰り返し、ついにすべてが計算通りにいくという確信を得た。

問題は、どの世界の過去へ行くかだ。

SIP。事象のシュバルツシルト半径。とある一つの事象に対して、必ず同じ事象が起こる並行世界の範囲。俺と栞が出会うという事象のSIPと、栞が虚質素子核分裂症になるという事象のSIPは、一致している。だから俺と栞が出会う世界では必ず栞は交差点で事故に遭い、幽霊になる。

ならば、過去へ行って合流すべき世界は、絶対に俺と栞が出会わない世界。

俺はオプショナル・シフトで再び並行世界を渡り歩き、二人が出会っていない世界を探し始めた。

しかしすぐに、ただそれを探しても意味がないと気づいた。

○

「未来予知が必要だな」

「は？」

並行世界から戻った俺の第一声に、和音は眉根を寄せた。

「未来予知は可能かな？」

「論理的には不可能じゃないわよ。量子コンピュータにでもこの世のありとあらゆるデータを入力してやればできるんじゃない？」

「それ、やってくれないか」

「できるわけないでしょ。バカじゃないの」

呆れたように言いながら、和音はＩＰカプセルから出るのを手伝ってくれる。

「どうしていきなりそんなこと言い出したの？」

「この方法では無理だと気づいたんだ」

「どうして？　暦と栞さんが出会わない世界が存在しないとは思えないけど」

確かにその通りだ。だけど。

「たった今、行ってきた並行世界での話だ。その世界は確かに俺と栞が出会っていない世界だった。俺は研究所で仕事をしていた。そうしたら」

口をつぐむ。あの時の衝撃を思い出してしまい、ため息をつく。

「そうしたら？」

先を続けようとしない俺に業を煮やし、和音が少しきつい口調で催促する。お茶で喉を湿らせて、なんとか再び口を開く。

「残っていた研究員の奥さんと娘さんが、迎えがてらに差し入れを持ってきたんだ。俺とは初対面らしくて、初めましてと挨拶された」

「……それが、どうかしたの？」

和音はぴんと来ていないようだ。俺も最初はそれが何を意味するか分からなかった。

「つまり、この年になっても、新しい出会いはあるってことだ」

俺の言葉を聞いた和音は少しだけ考えて、目を見開いた。

それは、俺と栞が出会わない世界を探すという目的が限りなく不可能に近いということを意味していた。

例えば、俺が五〇歳なら並行世界の俺も五〇歳。並行世界は無限にあるのだから、シフトすれば五〇歳の俺が栞と出会っていない世界などいくらでも見つかる。だったらそれらの世界の中から選び放題ではないか、と思うかもしれない。

けれど、それでは駄目なのだ。

仮に、五〇歳の俺が栞と出会っていない一つの世界を選び、過去へ移動してその世界と合流したとしよう。

もしかしたら、五一歳で栞と出会うかもしれないではないか。

その可能性を否定することは、ほぼ不可能に近かった。

何歳になっていようと、俺はもう俺が栞と出会うことが許せなかった。俺と栞が出会ってしまえば、栞はいずれ必ず不幸になる。それが俺の世界の真実だった。

「なるほどね……それで、未来予知」

疲れたように和音が呟く。栞と出会っていない世界は探せても、これからも栞と出会わない世界を探すには、未来予知でもできなければどうしようもない。

「どうする？　諦める？」

とは言え、ここまできて諦めるなどという選択肢はあり得ない。

「探すさ」

俺は再び、並行世界へと身を投じる。あるかも分からない方法を探して。

〇

その日シフトした並行世界では、俺は母方の実家にそのまま住んでいるようだった。

懐かしくなって裏庭に出ると、その片隅に少し土が盛り上がっている部分がある。ユノの墓だ。まさか、俺が五〇歳になっても残っているとは思わなかった。

土の上に手を当てる。冷たい。ユノの温かさはもう思い出せない。

あの時、ユノと栞が教えてくれたことを思い出す。

生きていることは、温かい。その温かさは、ユノと会えたり、話せたり、遊べたり……そういったすべての可能性があることを意味している。

死んでいることは、冷たい。その冷たさは、ユノの世界がそこで終わり、そこにはもうなんの可能性もないことを意味して――

それを思い出した瞬間、雷に打たれたかのような衝撃が、全身を走った。

元の世界に戻った俺は、カプセルから出る時間も惜しく、和音が蓋を開けてくれた瞬間にまくしたてていた。

「見つけた！　俺と栞が出会わない世界を探す手段を！」

面喰らいながら、和音が落ち着きなさいと俺の肩を叩く。そしてお茶を淹れてくれたのだが、それを飲んでも俺の興奮は収まらなかった。

「聞いてくれ和音。今度こそ見つけたんだ」

「聞くわよ。どういう方法？」

「まず、俺と栞が出会っていない世界をいくつか探す。それらの世界を、何年も、何十年も監視し続ける」

「何十年も？　どうして？」

それは、可能性を無くすためだ。可能性の温度が消えるのを待つため。すなわち――

「その世界の俺が、死にかけるのを待つんだ」

和音が絶句した。

「寿命でも病気でも事故でもなんでもいい。とにかく、俺が栞と出会わないままに死にそうになるのを待つ。そうしたら、晴れてその世界は合格だ。その世界の過去に移動して合流すれば、俺は栞と出会うことなく死を迎える。万が一それから出会ったとしても、そこまでになればさすがに栞を不幸にするようなこともないだろう？　出会ってもすぐに、俺は死ぬんだから」

和音の反応を見ずにまくしたてる。俺の考えは筋が通っているのだろうか？　支離滅裂になっていないだろうか？　それを判断する理性は、どうやらそろそろ俺から失われているらしかった。これが年相応のものなのか、それとも俺だけの異常性なのか、それも分からない。

「なぁ、どうだ和音？　これなら――」

俺はそこでやっと、和音の顔を見て。

和音が、とても痛ましい表情で俺を見ていることに気づいた。

なんだ？　どうしてそんな顔をするんだ。こんな素晴らしい方法を思いついたのに。

「和音、これからまた長くなるけど……協力してくれるか？」

俺が頼みごとをできる相手なんて、もう和音しかいない。和音に断られたらいろいろと困ってしまう。

俺の頼みに、和音はうつむいて。

「今更、見捨てたりしないわよ、バカ」

そう、言ってくれた。

○

それから俺は無限の並行世界を渡り歩き、いくつかの世界を監視対象に選んだ。

意識したつもりはないのだが、俺が選んだすべての世界には、栞と出会っていないということ以外にもう一つ、とある共通点があった。

それぞれ形は違う。友人だったり、恋人だったり、夫婦だったり、愛人だったり、宿敵だったり、その形はそれぞれ違うが――

俺が選んだ世界は、必ず何らかの形で、俺の隣に和音がいた。

この世界でも、俺の力になってくれている和音。最初は俺に対抗心を燃やし、絶対に勝ってみせると息巻きながら、誰とも一緒にならず、結局最後まで俺の隣で俺の狂気を肯定し続けてくれた和音。

この世界における和音は、共同研究者であり、ライバルであり、そして今では唯一の友人と言ってもいい相手だった。とは言え、和音が本当は一体どういうつもりで俺に付き合ってくれているのか、それは分からない。俺は頭がいい方だと思うが、和音のことだけはいつになっても理解できるような気がしなかった。

本当に、意識したつもりはないのだが……無意識で、そんな和音が隣にいる、いてくれる世界を選んでしまったのかもしれない。これはこっちの世界の和音には死ぬまで秘密にしておくつもりだ。

それから俺は、さらに二〇年以上の年月、並行世界の監視を続けた。

そんな日々を支えてくれたのは、いつでも交差点に行けばあの日と変わらない姿で俺を迎えてくれる栞の微笑み。何十年もの間、俺は毎日毎日交差点へ通い、栞の幽霊と話し続けた。もう昼も夜も関係ない。人に見られていることなど気にもならなくなっていた。

水滴を舐めながら砂の川を渡るような、長く乾いた時間が過ぎ——

ついに、とある世界の俺が余命を宣告された。

七三歳。癌。余命六ヶ月。

六ヶ月はまだ長い。念のために俺は、もう少しその世界の俺の死期を待つ。

そして七月。計算上は、そろそろ余命が一ヶ月を切る。

物質としての自分が死んだ場合、通常はその世界の自分を構成する虚質も同時に消滅するため、自分が死んだ並行世界へシフトすることはできない。過去へ跳ぶ場合もそうなるのかは分からないが、一度過去に戻って試してみるということができない以上は、自分が死んだ世界の過去へは行けないと考えるべきだろう。

余命宣告というのは何も宣告された通りにぴったり死ぬというわけではない。それ以降も長生きする場合もあるし、ずっと早くにあっさり死んでしまう場合もある。それを考えると、その世界の俺が癌で死んでしまってはすべてが無駄になるかもしれないのだから、この時期が限界だろうと判断した。

そして、決めた。

並行世界の俺が、余命一ヶ月を迎えるその日。

俺は、栞を助けるために過去へと沈む。

たった一度のタイム・トラベル。二度と帰ってくることはない。

俺と栞が絶対に出会わない、俺が選んだその世界では、栞は俺と出会わずに幸せな家庭を築いていた。俺は栞と出会わずに……和音と結婚して、幸せな家庭を築いていた。栞以外の誰かと結婚するなんて、と思ったけど、和音ならまぁいいか、と思った。

決行日を決めると、あらためて自分の人生が思い返される。

長い、長すぎる人生だった。

そして、何の意味もない人生だった。

妻もいない。子供もいない。自分が何のためにこの世界を生きてきたのか、さっぱり意味を見出せない。俺が唯一愛した人は、俺のせいでこの世界から消えてしまった。

だが、それももう終わりだ。

泡は沈む。

さぁ、世界を消し去ってしまおう。

こんな、愛する人のいない世界なんて。

終章、あるいは序章

ちゃぶ台を挟み、七〇を過ぎた爺さんと婆さんが茶をすすっている姿は、端《はた》から見ればただの茶飲み友達にしか見えないだろう。

それも間違いではないのだが、この婆さん——和音は、世界を消すための犯罪計画の、たった一人の共犯者だ。

「明日、頼めるか」

「……いきなりね」

「いつでもやれるように、散々シミュレーションしてきただろ」

「まぁそうだけど。本当にやるのね」

「その話も何度もしただろう。それが俺の生きる意味だ。君に迷惑をかけるのは申しわけないと思ってるけど」

「別に、迷惑とかはいいけど。それこそ今更だし」

「どうしても嫌なら言ってくれ。別のやつに頼む。若い研究員の中にはやりたがるやつもいるだろ」

「それこそやめなさいよ。若い子にそんな危ない橋渡らせるなんて。やるんだったら私がやるわ。どうせ老い先短い命よ」

「君は百まで生きるよ。なんとなくそんな気がする」

「ぞっとするわね」

そう言って、和音はお茶をひとすすり。安い茶葉を安い急須で淹れただけのものだ。俺にはお似合いだが、きっと普段の和音はもっといいお茶を飲んでいるだろう。まともな人付き合いのない俺にとって唯一の友人と言ってもいい彼女は、しかしそんな俺の淹れるお茶が存外嫌いではないらしい。物好きの一言だ。だからこそこんな年になってまで俺の馬鹿馬鹿しい計画に付き合ってくれているのだろう。

「もういい。やるならやるで完璧にやりましょう。明日の勤務表は？」

「これだ」

「……なるほど。ＩＰカプセルは一日空いてるわけね」

「上手いこと調整して空けておいた。警備システムも外から切れるようにしてある。誰にも怪しまれなかったよ。偉くはなっておくもんだな」

俺も和音もとうに定年退職しているのだが、一度は所長と副所長を務めたという立場から、定年後も研究所への出入りは自由が利いた。信頼できる優秀な者に後を任せはしたが、それでもまだまだ俺たちでなければ分からないノウハウなどがあり、客員研究員のような形で今も実験設備を利用している。それはもちろん、この目的のために長年かけて打ってきた布石であった。

「で、私の仕事は計画の通り？」

「ああ。何の変更もない」

「あなたがどうなるかも？」

「臨床試験をしてないからはっきりとは言えないが、脳死状態になるだろう。ドナーカードも遺言も用意してある。心配するな」

淡々と言う俺に、和音は痛ましい視線を向けてくる。基本的には優しい人間なのだ。

「七〇を越えた老人の臓器なんて使い物にならないわよ」

今もそうだ。俺に罪悪感を抱かせないために、そんな悪態をついてみせる。

そんな彼女にこんな役目を頼むのは、さすがに少し気が咎《とが》めてはいる。けれど、優先順位の問題だった。和音に、いや他の誰に迷惑をかけてでも、俺は栞の魂を救いたい。もはやそれだけが俺という人間の存在意義だ。

俺と和音は時間をかけて計画の最終確認をした。失敗は許されない——というよりも、失敗したら何が起こるか分からない。動物での実験では成功しているのかいないのかが判別しづらく、かと言って人体実験をするわけにもいかない。だから俺たちが明日やることは、自分の体を使った最初で最後の人体実験だ。理論的には絶対に上手くいくと確信できるレベルなのだが、現実は理論通りにいくとは限らない。

あらかた計画を確認し終えると、彼女はぬるくなったお茶を一口飲み、小さくため息をついた。

「……私、人殺しになるのね」

「違う。何度も説明しただろ」

「そうね、厳密には違う。でも私のすることであなたの体が脳死状態になることは間違いないでしょ。それを私がどう思うかよ」

「……嫌なら他のやつに」

「やるわよ。何度も言ったでしょ。やるなら私がやる」

「……すまない」

「謝るくらいならやめてほしいけど、まぁいいわ。あとお茶がぬるい」

言われるがままに熱いお茶を淹れ直す。無茶を言っているのはこっちなのだ、この程度の指図であればいくらでも聞かせてもらおう。

しかし、それにしても。

火傷しそうに熱いはずのお茶を平気ですする和音を見ながら、俺は今まであえて聞こうとしなかったことをついに聞いてみることにした。

「なんで、ここまで付き合ってくれるんだ？」

和音は湯飲みを置き、大きく息をついて言う。

「研究者としての知的好奇心よ。勝負は私の負けだからね。結局この方法を思いついたのはあなただった。泡は沈むのか。私だって見てみたい」

「……そうか」

嘘ではないだろう。けれど本当のことを隠しているような気はした。その証拠になるかどうかは分からないが、いつも真っ直ぐに相手の目を見つめて話す和音が、今は全く目を合わせようとしない。

それならそれでいいのだろう。俺は俺の勝手で和音を巻き込んだ。ならば和音は和音の勝手で思うことをすればいい。

「長かったわね、ここまで」

「ああ……本当に、長かった」

「正直なところ、諦めそうになったこと、ない？」

「ない。諦めたらそこで、俺の人生は終わりだった」

「そう……そうね。あなたはそうだったわね。私には理解できないわ」

感慨深そうに和音が頷く。しかし、理解できないのはお互い様だ。俺は結局最後まで、和音との距離の取り方すら摑めなかった。

「俺は今でも、君のことがよく理解できないよ。結局結婚もせずにこんなところまで」

「大きなお世話だし、お互い様でしょ」

「ん……まぁ、そうか」

言われてみればその通りだ。余計なことだし、まさしくお互い様だ。きっと、俺も和音もどこか狂っているのだろう。

「……じゃ、今日は帰るわ。何かあったら連絡して」

「ああ、俺も出るから一緒に行くよ」

身支度を済ませ、和音と二人で家を出る。お互いに大きな病気や怪我をせず、この年になっても健康であることだけはこの世界に感謝すべきなのだろう。家を出て駅の方向へ向かって歩き出す。こうやって二人、まだ杖すら必要としない。

駅前で立ち止まり、和音に別れを告げる。

「じゃあ、俺はこっちだから」

「そう。どこに行くの？」

聞きながらも、おそらく和音には答えが分かっていただろう。

だから俺も、正直に答えることにする。

「交差点の幽霊を、助けにいく」

○

昭和通り交差点。この地方都市をほぼ中央で四分割している、最も大きな交差点だ。

当然ながら交通量も多く、信号は歩車分離式になっている。昔はすべての道路にまたがる巨大な歩道橋があったらしいのだが、橋脚のせいで見通しが悪く危険だということで撤去されたそうだ。古い写真で見たその歩道橋が俺は大好きで、よく立ち止まっては上を向き、歩道橋を渡る自分を想像したものだ。

交差点の南西の角の脇、公園と呼ぶほど広くもない一画にささやかな緑が植えられており、そこにレオタードの女がいる。恥じらうように手で胸を隠した肉感的な少女の銅像で、俺が生まれた時からずっとある物だ。見慣れてはいるのだが、モデルが誰なのか、何の意味があってここに建てられているのかなどは一切知らない。

この交差点に幽霊が出ると噂され始めたのは、もう五〇年以上も前のことだ。

レオタードの女の銅像がある角から北へと延びる横断歩道、その上に黒髪の少女の幽霊が出る。噂によると、これは新体操の大会へ行く途中にこの横断歩道で事故に遭って亡くなってしまった少女の霊で、レオタードの女の銅像はその少女を悼んで作られたものであるのだとか。

俺はそれが誰かが勝手に作った嘘八百であることを知っている。レオタードの女と交差点の幽霊には何の関係もない。

横断歩道の前に立ち、左手首に巻いたウェアラブル端末を確認する。

モニタの中には、ＩＥＰＰという文字の下に六桁のデジタル数字が表示されている。整数が三桁、コンマを挟んで小数が三桁だ。小数の三桁は目では追いきれない速度で目まぐるしく移り変わっているが、整数の三桁ははっきりとした数字を表している。

その数字は『000』。念のための確認だったが、ＩＰは問題なくゼロのようだ。

そして俺は、今は誰もいない横断歩道の上へ呼びかけた。

「やあ」

俺の呼びかけに答えるように、横断歩道の上に栞の幽霊が現れた。

白いワンピースを着た、長く真っ直ぐに伸びた黒髪が美しい、まだ幼さを残す少女。

栞は俺を見て微笑む。こんな俺に、今もまだ、こうして笑ってくれる。

「長いこと、待たせてごめん」

小さく首をかしげる栞。そんな仕草の一つ一つが愛おしい。

俺は、万感の想いを込めて言う。

「お別れだ」

俺の言葉に、栞は小さく眉をひそめる。

そんな顔をさせるのもうすぐ終わりだ。泡は沈む。

長い、本当に長い時間だった。

すべての過ちが始まったのは、俺が一〇歳になる頃。

俺は、出会ってはいけない相手と、出会ってしまった。

その四年後、栞は俺のせいでこの交差点で事故に遭い、どこにも行けない幽霊になってしまった。

それから六〇年。六〇年だ。

俺はやっと、栞を助けることができるのだ。

『……お別れって、どういうこと？』

眉をひそめたままで問うてくる栞に、今から何をするのかを説明した。

俺はアインズヴァッハの海を沈み、俺と栞が出会う世界と出会わない世界の分岐点まで過去へ遡り、そこで二人が出会わない世界の自分と融合する。

俺と栞は虚質の一部が同化しているから、俺が過去へ戻ると栞も同時に過去へ戻る。そうして二人でこの世界から逃げて、新しい世界では二度と出会わず、それぞれの幸せを生きるんだ。

説明を聞き終えた栞は、悲しそうな顔をした。

『……もう会えないなんて、やだ』

「仕方ないんだ。俺とお前が出会う世界では、お前は絶対に交差点の幽霊になってしまうんだよ。お前をここから助けるためには、俺とお前は出会ってはいけないんだ」

『いやだ……』

「大丈夫。俺と出会いさえしなければ、お前は幸せになれる。こんな所で幽霊なんかにならなくてもいいんだ」

『やだ……暦くんと会えないなんて、いや……』

泣き出しそうな顔で、栞はいやいやと首を横に振る。そんな栞を見ていると、俺も胸が張り裂けそうになる。

「栞……分かってくれ……」

それからしばらくの間、俺と栞の不毛なやり取りは続いた。分かってくれ。いやだ。仕方ないんだ。いやだ。お前を助けるためなんだ。また暦くんと会いたい。会いたい。

……俺だって本当は、栞と二度と会えないなんて嫌に決まってる。でもこのままだと俺はそう遠くないうちに死んでしまう。そうなれば、栞は今度こそ本当にこの交差点にひとりぼっちだ。誰とも話せず、歳も取れないまま、もしかしたら世界が滅びるその時までこの交差点に居続けることになるかもしれない。そんな世界は絶対に認められない。

だけど……会いたい。

あまりにも栞がそう言ってくれるから、俺の決意もだんだんと崩されていく。

俺だって、もう会えないなんて嫌だ。それも嘘偽りのない本心なんだ。

けど、そのために栞を幽霊にし続けるという選択も、俺にはない。

栞を助けたい俺と、栞とまた会いたい俺と。

どっちを選ぶべきなのか、俺にも全然分からない。

……だから俺は、三つの賭けをすることにした。

「分かった、栞。じゃあ、一つ約束をしよう」

『約束……？』

「うん。俺たちが新しく生きる世界で、今から一ヶ月後の八月一七日。俺は、この交差点に栞を迎えに来る。そこで俺たち、もう一度会おう」

八月一七日。計算上は余命の一ヶ月をもう過ぎている。これが一つ目の賭け。並行世界の俺が、その日まで生きているかどうか。

次に、過去へ戻って新しい世界を生き直せば、俺たちの虚質はその世界の自分たちと統合され、人格や記憶は残らない可能性が高い。これが二つ目の賭け。新しい世界を生き直した俺たちが、この約束を覚えているかどうか。

そして、もし奇跡的にその二つが叶って向こうの世界で二人が再会できた場合、また栞を不幸にしてしまわないか。これが三つ目の賭けだ。とは言えこの賭けはもともと今回の時間移動に不可避のリスクとして組み込まれている。余命幾ばくもないこの状態なら、また出会ったとしてももう何も起こらないだろう。

最後の最後で、俺は折れてしまった。栞にもう一度会えるという道を残してしまった。

でも、もしこの世界に神様みたいな誰かがいるのだとしたら。

それくらいの希望は、許してくれてもいいんじゃないか。

『八月、一七日？』

「うん。八月一七日」

栞は覚えているだろうか。それは、栞がこの交差点の幽霊となった日だ。その日、もし俺がこの交差点で栞に出会えたら……その時こそ、本当の意味で栞を助けたことになるのかもしれない。

「向こうの世界での、今から一ヶ月後。俺たちは七歳の時まで遡ってやり直すから、それから六六年後の八月一七日。時間は……今、ちょうど一〇時か。じゃあ午前一〇時に、この交差点に迎えに来るよ」

『本当に……？』

「ああ。約束だ」

栞は、その未来を見つめるように目を細める。

『……六六年後……とっても、遠いね……』

「そうだな。でも、俺とお前はもう、それだけの時間を一緒に過ごしてるんだ。それと同じ時間をもう一回繰り返すだけさ」

同じ時間なわけがない。今度の六六年間、俺の隣に君はいないし、君の隣に俺はいない。

だけど、待たなければいけない。

「それまで、この約束を覚えていられるか？」

『うん。忘れない。絶対に』

ゆっくりと頷いて、栞は今にも消えてしまいそうに、儚げに微笑んだ。

「……じゃあ、俺はもう行くけど。さよならじゃないな。また会おう、栞」

『うん……またね、暦くん』

笑顔で手を振る栞に、俺も微笑みを返して。

そして俺は、栞のいる交差点に背を向けた。

『暦くん』

最後に、俺の背中に聞こえた声は。

『私、暦くんに会えてよかった』

足を止めて、振り向いて、駆け寄って、抱きしめてしまいたくなるほどに。

『ありがとう。大好き』

俺の心を、柔らかく抉《えぐ》った。

○

翌日。

俺と和音は万全の準備を整えて人気《ひとけ》のない虚質科学研究所を訪れ、ＩＰカプセルのあるシフトルームへと向かった。

当然扉には鍵がかかっているので、事務室へ行って研究所内の各施設の鍵を管理しているボックスを開けたのだが。

「……うん？」

「……ないわね。鍵」

キーボックスの中には、いくら探してもシフトルームの鍵はなかった。部屋を施錠した者が白衣のポケットに鍵を入れ、そのまま返すのを忘れて家まで持って帰ってしまうというのはよくあることだ。

「これだと計画が実行できないわね。困ったわ」

口ではそう言いながら、和音からはどこか安堵したような空気を感じた。事ここに至っても、この計画に対して躊躇する思いを拭いきれないのだろう。

だけど、そこは抜かりなかった。

「まさか、本当に使う日が来るとは思わなかったな」

俺は、ポケットから一本の鍵をとりだした。

「それは？」

「シフトルームの合い鍵」

俺が一四歳の時に栞の母親からもらった、栞がこっそり作ったシフトルームの合い鍵だ。あの時俺は、この鍵が俺と栞の幸せへと続く扉の鍵だと信じることにした。それがこのタイミングで出番がやってくるとは、運命めいたものを感じる。

「……そう。じゃあ、入りましょう」

和音はそれ以上何も言わない。やる以上はやる。そういう人間だった。

シフトルームに入り、俺と和音は装置の調整を終える。シミュレーションは何度となくこなしてきた。あとは実行するだけだ。

もはや何百回と入ってきたＩＰカプセルだが、この年になるともう中に入って横になるだけでもきついものがある。和音に手伝ってもらうのだが、その和音だって俺と同い年なのだから老人なのは一緒だ。なんとか体を安定させて、和音に蓋を閉めてもらう。

その時、俺はあることを思いついて和音に声をかけた。

「和音、先に普通のオプショナル・シフトを一回やっておきたい」

「え？　どこの世界にシフトするの？」

「今から過去に戻って融合する世界だ。その世界の今に一度行っておきたい」

「いいわよ。IPはこのままでいいのね」

「五分ですぐに戻してくれ」

「分かったわ。じゃあ行くわよ」

すっかり手慣れた様子であっという間にシフトの設定を終え、俺に心の準備をする暇も与えず和音はカウントダウンを開始する。

「5、4、3、2、1……シフト・オン」

目を閉じる。カプセル内に磁場が発生し、ほんの少しだけ温かく感じる。

そして、次の瞬間――

いきなり、全身を苦痛が襲った。

目を開ける。もう何度も訪れた、並行世界の俺の部屋だ。この世界の俺は一日の大半を介護用ベッドの上で過ごしている。

この痛みは、癌の発作だ。今までにも何度か味わったことがあるが、何度経験しても慣れるものではない。

痛みを堪《こら》えながら、自分の左手首を見る。そこにはいつもの通り、この世界の俺が使っているウェアラブル端末が巻いてある。

俺は端末のスケジュール機能を呼び出し、一つの予定を入力した。

『八月一七日、午前一〇時、昭和通り交差点、レオタードの女』

栞との、約束の日だ。

反則だろうか？　だけどこのくらいのヒントはいいだろう。俺は人生のすべてと引き替えに、たった一度のささやかな再会を望んでいるだけなのだから。

端末に、確かに予定が入力されたのを確認する。この世界の俺は、記憶にないこの予定を見つけた時にどう思うのだろう。自分で入力したのをボケて忘れてしまったのだ、なんて思うかもしれない。まぁなんでもいい。なんとかこの日まで生きて、あの交差点まで行ってくれれば、それで。

五分後、俺は元の世界へと戻る。するとガラスの蓋の向こうから、何か言いたげな表情で和音が俺を見下ろしていた。

「やぁ。ただいま」

「お帰りなさい」

俺と和音を隔てるガラスに手を這わせ、和音は言う。

「向こうの世界の暦と、少し話をしたわ」

驚いた。これまでに俺は幾度となく向こうの世界へシフトしている。そのほとんどは和音に手伝ってもらっているのだが、和音は頑なに向こうの世界と関わろうとしなかった。

俺がシフトしている間はこのカプセルの中に向こうの世界の俺がいたはずだが、俺が帰ってくるまでただの一度も蓋を開けず、会話すらしなかったそうだ。

その和音が、このタイミングで向こうの世界の俺と話したという。さすがの和音もここへ来て、好奇心が抑えきれなくなったというところだろうか。

「どんなことを？」

「話したって言うか、ちょっと挨拶しただけだったんだけど……向こうの世界の暦、私を見てすぐに和音って言ったわ。こんなしわくちゃのおばあちゃんなのに」

「うん」

「向こうの世界でも私、こんな歳になるまであなたと付き合いがあるのね」

「ああ……うん。そうだな」

そこで口を閉ざし、少し考え込むようなそぶりを見せる和音。並行世界の俺と和音がどんな関係なのかを気にしているのかもしれない。しかしすぐに表情を変えて。

「今まで、あえて聞かなかったけど……もういいわよね」

和音は吹っ切れたように、何でもない様子で質問してきた。

「教えて、暦。あなたが選んだ世界は、どんな世界なの？」

最終的に、俺がどんな世界を選んだのか。IPという数値では知っていても、実際にどんな世界なのかは一切話していない。和音も今まで一度も聞いては来なかったが、やはり気になってはいたのだろう。この世界を捨てて、俺がどんな世界へ逃げようとしているのか。気にならないわけがない。

さて、どこまで言うべきだろうか。俺は真剣に考える。

「……向こうの世界の俺は、自分のことを『僕』って呼んでて」

知ってる。

和音の口が、そう動いたように見えた。

そして、自分のことを『僕』と呼ぶ俺が、君を愛した世界だよ――とは、やはり言わないでおくことにした。

「僕には妻も子供もいて。きっと、君も栞も、みんな幸せな世界だ」

「……そう」

和音は、それ以上何も聞いてこなかった。

そこからは余計な言葉を交わすこともなく、淡々と準備を進めていった。テストで何度も繰り返したことをもう一度するだけだ。手間取るようなこともなく、一時間ほどですべての準備が終わる。

後は、和音がこのIPカプセルを起動させれば、すべてが終わる。

分岐点は、七歳の時。両親が離婚する時に、父と母のどちらについていくかだ。そこまで過去に戻って母を選べば、栞と出会うことはない。

今から俺の虚質はアインズヴァッハの海を沈み、この世界から消えてなくなる。その時に交差点の幽霊である栞も一緒に連れていく。後に残るのは脳死状態になった俺の体だけだ。その処理もすべて和音に任せてある。

「何か、言い残すことはない？」

再びガラス越しに俺の顔を見下ろして、和音がそんなことを聞いてきたので、俺は最後に素直な気持ちを伝えておくことにする。

「ありがとう。君に会えて本当によかった。迷惑をかけてすまない」

「いいわよ別に、今さら」

それが、俺と和音の最後の会話だった。

さようならはあえて口には出さず、胸の中でだけ和音に別れを告げる。

俺の人生は栞のためだけのものだったけど、栞以外で感謝を捧げたいのはたった一人、和音だけだ。和音はある意味で栞以上に俺と深く関わってくれた人だった。

IPカプセルが起動し、時間移動開始へのカウントダウンが始まる。

「10、9、8、7、6、5、4、」
3、のカウントの代わりに、和音は。
「……さようなら、暦。あなたが幸せになれますように」

そんな、何十年も一緒にいて初めて聞くような優しい声で。

俺があえて飲み込んだ別れの言葉を口にして、俺を送り出してくれた。

○

そして俺は、虚質の海を沈んでいく。
栞の欠片を抱きしめて。すべての俺に別れを告げて。
俺と栞が出会わない世界へ。
和音を愛した一人の『僕』へ、栞との大切な約束を託して。
そこでもう一度、愛する人と出会うために。

幕間

気がつけば、私はここにいた。

大きな交差点だ。横断歩道の上に私は立っている。

ここはどこだろう？　知っているような、知らないような。

私に向かって車が走ってくる。だけど車は私をすり抜ける。

信号が変わって、今度は人が歩いてくる。だけど人も私をすり抜ける。

喧騒も、空気も、光も、みんな私をすり抜ける。誰も私に気づいてないみたいだ。

私はまるで、交差点の幽霊だった。

いったいどうして、いつからここにいるのか、私には分からない。

というか、自分が誰なのかもよく分からない。

なんとなく、ついさっきまで誰かと一緒にいたような気がするんだけど、多分その誰かは私を置いてどこかへ行ってしまった。

けど、ひとりぼっちで何も分からなくても、不思議と不安はなかった。

怖くなんてない。寂しくなんてない。そう思えた。
たった一つだけ、分かっていることがあったから。
私は、誰かを待っている。
交差点でひとり、ずっと――
私は誰かを、待っている。

know

野﨑まど

超情報化対策として、人造の脳葉〈電子葉〉の移植が義務化された二〇八一年の日本・京都。情報庁で働く官僚の御野・連レルは、あるコードの中に恩師であり稀代の研究者、道終・常イチが残した暗号を発見する。その啓示に誘われた先で待っていたのは、一人の少女だった。道終の真意もわからぬまま、御野はすべてを知るため彼女と行動をともにする。それは世界が変わる四日間の始まりだった。

著者略歴　1981年大分県生，作家『ミニッツ ～一分間の絶対時間～』で、第18回電撃小説大賞選考委員奨励賞受賞。他の著書に『僕が愛したすべての君へ』（早川書房刊）『ラテラル ～水平思考推理の天使～』など。

HM=Hayakawa Mystery
SF=Science Fiction
JA=Japanese Author
NV=Novel
NF=Nonfiction
FT=Fantasy

君《きみ》を愛《あい》したひとりの僕《ぼく》へ

〈JA1234〉

二〇一六年六月二十五日　発行
二〇二三年八月二十五日　三十刷
（定価はカバーに表示してあります）

著者　乙《おと》野《の》四《よ》方《も》字《じ》
発行者　早川　浩
印刷者　草刈明代
発行所　株式会社 早川書房
郵便番号　一〇一 - 〇〇四六
東京都千代田区神田多町二ノ二
電話　〇三 - 三二五二 - 三一一一
振替　〇〇一六〇 - 三 - 四七七九九
https://www.hayakawa-online.co.jp
乱丁・落丁本は小社制作部宛お送り下さい。
送料小社負担にてお取りかえいたします。

印刷・中央精版印刷株式会社　製本・株式会社フォーネット社

ISBN978-4-15-031234-3 C0193

本書は活字が大きく読みやすい〈トールサイズ〉です。